계속되는 이야기

THE FOLLOWING STORY
by CEES NOOTEBOOM

Copyright ⓒ Cees Nooteboom, 1991
All rights reserved.

Korean edition was published by MUNHAKDONGNE Publishing Corp., 2020
by arrangement with Cees Nooteboom
through KCC(Korea Copyright Center Inc.), Seoul.
이 책의 한국어판 저작권은 ㈜한국저작권센터(KCC)를 통해
저작권자와 독점 계약한 ㈜문학동네에 있습니다.
저작권법에 의해 한국 내에서 보호를 받는 저작물이므로
무단 전재와 무단 복제를 금합니다.

이 도서의 국립중앙도서관 출판예정도서목록(CIP)은
서지정보유통지원시스템 홈페이지(http://seoji.nl.go.kr)와
국가자료종합목록 구축시스템(http://kolis-net.nl.go.kr)에서 이용하실 수 있습니다.
(CIP제어번호: CIP2020051170)

HET VOLGENDE VERHAAL | CEES NOOTEBOOM

계속되는 이야기

세스 노터봄
장편소설

김영중 옮김

문학
동네

일러두기

1. 번역 대본으로는 *Het volgende verhaal*(De Bezige Bij, 2011)을 사용했다.
2. '원주'임을 밝힌 경우를 제외하고 주석은 모두 옮긴이주다.
3. 본문 중 고딕체는 원서에서 강조한 부분이다.
4. 문학작품 중 장편은 『 』, 단편·시는 「 」, 연속간행물·영화·방송·음악·미술작품
   등은 〈 〉로 구분했다.

차례

수치심은 형이상학적 지향의
직접적 표현을 꺼리게 한다.
그럼에도 그것을 감행한다면,
환호하는 오해에 자신을 내맡기게 될 것이다.

테오도어 아도르노,
『문학 노트』 제2권,
『파우스트』의 마지막 장면에 대해.

I

　나는 나 자신에게 지나친 관심을 가져본 적이 없다. 그렇다고 마음만 먹으면 나 자신에 관한 생각을 그저 멈출 수 있다는 의미는 아니다. 유감스럽게도 그러지 못했다. 그날 아침, 나는 무언가 생각할 것이 있었다, 분명하다. 남들은 삶 혹은 죽음의 문제에 대해 생각할지도 모르지만 나는 그런 중대한 말들을 입에 담을 줄 모른다. 그때처럼 주위에 아무도 없을 때조차도.

　그날 아침, 혹시 내가 죽은 게 아닌가 하는 희한한 느낌 속에서 깨어났다. 지금 내가 정말로 죽은 건지, 아니면 이미 오래전에 죽은 건지는 판단할 수 없었다. 죽음이란 무無라고 배웠다. 그리고 사람이 죽으면 모든 사고가 멈춰야 한다고 배웠다. 그러나 그건 맞는 말이 아니었다. 나는 여전히 많은 사고와 생각과 기억을 갖고 있었기 때문이다. 나는 여전히 어딘가에 존재하고 있었다. 잠시 후에 밝혀지겠지만, 걸을 수도 있었다. 볼 수도, 먹을 수도 있었다(포르투갈 사람들이 아침식사 때 먹는 젖과 꿀을 섞어 만든 건포도 롤빵의 달콤한 맛이 오랫동안 입안에 남아 있었다). 게다가 현금으로 계산까지 할 수 있었다. 나로서는 그런 사실들이 살아 있다는 가장 확실한 증거였다. 상황은 이랬다. 나는 간밤에 잠들었던 곳과 다른 어느 낯선 방에서 깨어난다. 지갑은 여느 때처럼 침대 옆 의자에 놓여 있다. 전날 밤 평소처럼 암스테르담에서 잠들었던 내가 포르투갈에 와 있다는 걸 곧 깨달았다. 그러나 지갑에 포르투갈 화폐가 들어 있으리라고는 전혀 예측하지 못했다. 나는 그 방을 첫눈에 알아보았다. 내 삶에서 의미 있는 무언가를 얘기할 수 있다면, 바로 그 방에서 중요한 일 하나가 일어났다는 것이다. 나는 헷갈리고 있다. 내가 교사생활에서 깨달은 건 모든 것은 최소한 두 번씩 말해야 한다는 사실이다. 그래야 무질서하게 보이는 것에서 질서를 찾을 기회가 생긴다. 그렇기 때문에 다시 그날 아침 내가 눈을 뜬 시간으로 돌아가본다. 아직 있는 내 눈을 떴던 순간으로. "우리는 인과적 구조의 틈새로 외풍을 느낄 것이다." 누군가 이렇게 말했다. 그날 아침, 눈을 뜨자 처음으로 보인 것은 아주 단단하고 굵직한 들보가 나란히 박힌 천장이었지만 나는 꽤 외풍을 느꼈다. 그런 천장 구조는 기능적 순수성 때문에 안정감과 안전감을 주는 법이다. 아무리 정신적으로 안정된 사람이라도 잠의 어두운 구역으로부터 깨어나 돌아왔을 때는 불안감을 느낀다. 그 방의 천장은 그런 불안감을 없애줄 수 있는 구조였다. 천장의 들보는 기능적으로 위층을 떠받치는 지지대 역할을 한다. 들보들 상호 간의 간격이 완전히 동일해서 구조적으로도 완벽했다. 따라서 그런 구조는 나를 안심시켜야 했지만 전혀 그러지 못했다. 첫째, 그 들보들은 내 방의 것이 아니었다. 둘째, 위층에서 욕정에 달아오른 남자의 신음 소리가 나를 괴롭혔다. 가능성은 두 가지였다. 그곳이 내 방이 아니든지, 그게 내가 아니든지. 후자라면 눈이나 귀는 내 것이 아닌 게 분명했다. 그 들보들이 케이저스흐라흐트에 있는 내 침실의 것보다 가늘었기 때문이다. 그뿐 아니라 내 집 위층에는 남자인지 여자인지 몰라도 욕정으로 나를 괴롭힐 사람은 살고 있지 않았다. 눈이 내 것이 아닐지 모른다는 생각에 익숙해지려고 나는 조용히 누워 있었다. 조금 부풀려 말하자면 내가 다른 사람일지도 모른다는 두려움 때문에 죽은듯이 누워 있었다. 내가 이 이야기를 하는 건 처음이다. 그래서 말하기가 쉽지 않다. 나는 감히 움직일 수 없었다. 정말로 내가 아닌 다른 사람이라면 어떻게 해야 할지 몰랐기 때문이다. 어쨌거나 내 눈은, 당분간 내 눈이라고 해두자, 내 방의 것이 아닌 다른 들보를 보았다. 내 귀인지 다른 사람의 귀인지 모르지만, 바깥 구급차의 사이렌소리와 합쳐져 점점 더 커지는 에로틱한 소리가 들렸다. 그게 정확히 구급차 소리인지는 모르겠지만. 나는 눈을 만져서 느껴보았다. 느낌상 눈은 감겨 있었다. 사실 눈은 만져서 느낄 수 없다. 눈을 만질 때면 눈앞의 눈꺼풀이 먼저 내려오기 때문에 당연히 감긴 눈을 만지는 손을 볼 수도 없다. 내가 손으로 만져 느낀 것은 공같이 생긴 눈알이었다. 짓궂은 사람이라면 눈알을 살짝 꼬집어볼 수도 있을 것이다. 창피한 얘기지만 나는 아직도 눈이 무엇으로 이뤄졌는지 모른다. 내가 알고 있는 건 각막, 망막, 홍채 그리고 동공이다. 홍채iris라는 단어에는 붓꽃이라는 의미도 있고, 동공pupil에는 학생이라는 의미도 있다는 것을 안다. 실제 눈알을 이루는 물질은 다량의 말랑말랑한 응고성 젤리 혹은 젤라틴인데, 그런 물질은 늘 내게 두려움을 불러일으켰다. 사람들은 내가 젤라틴에 대해 얘기할 때면 조롱하곤 했다. 하지만 『리어왕』에서 콘월 공작이 글로스터 백작의 눈알을 뽑아내면서 "나와라, 이 더러운 젤리야" 하고 소리치는 게 연상된다. 내 눈이든 아니든 눈꺼풀에 덮인 그 눈알을 눌러보았을 때도 바로 콘월 공작이 생각났다. 나는 한동안 그렇게 누워 있었다. 전날 저녁에 있었던 일들을 돌이켜보려고 애썼다. 나처럼 혼자 사는 사람의 저녁은 아무런 재미가 없는 법이다. 적어도 내 경우에는 그랬다. 개가 제

꼬리를 물려고 제자리에서 빙빙 도는 모습을 흔히 볼 수 있다. 그럴 때면 개 회오리바람이 폭풍처럼 일다가 제풀에 멈춰버린다. 공허함, 그것은 어지러워하는 개의 눈에서 볼 수 있는 공허함이다. 내가 그 낯선 침대에서 느꼈던 것도 공허함이었다. 나자신이 내가 아닌 다른 사람이라고 생각하면('아무도' 그렇게까지 생각하지 않겠지만) 그 다른 사람의 기억들을 내 것이라고 여겨야 하기 때문이다. 결국 사람은 누구나 자신의 기억들을 '내 기억들'이라고 말한다.

다행히 나는 늘 자제력이 있었다. 자제력이 없었다면 고함을 질렀을 것이다. 그 다른 사람이 누구든 그도 나와 똑같은 자제력을 갖추고 조용히 있었다. 간단히 말해서, 거기 누워 있던 사람은 그것이 그 또는 나의 추측인지 상관하지 않고 지난 일들을 기억하는 데 몰두하기로 마음먹었다는 것이다. 그게 누구든 그는 내가 자연스레 알아챌 수 있었던 리스본의 그 친근한 방에 누워 있는 존재를 '나'라고 불렀기 때문에, 나는 혼자 식사 준비를 하는 암스테르담 독신자의 저녁을 기억해냈다. 내가 하는 요리래야 흰콩 통조림을 따는 것이 전부다. 한번은 옛 여자친구가 "통조림은 따자마자 차게 먹는 게 제일 좋아"라고 말한 적이 있다. 그건 사실이었다. 차게 해서 먹는 맛은 무엇과도 비교할 수 없을 만큼 맛있다. 이제 내가 누구이고 무슨 일을 하는지 설명해야겠지만 잠시 기다려줬으면 한다. 아무튼 나는 고전을 공부한 학자이고, 한때 희랍어나 라틴어를 가르친 고전어 교사였다. 학생들은 나를 나이든 고전어 선생이라 불렀다. 그때는 서른 살쯤이었을 것이다. 내 집은 온통 책으로 가득차 있고, 나는 책들 틈에 끼여 살고 있었다. 방의 장식치고는 지나쳤다. 어제저녁도 똑같은 모습이었을 것이다. 나는 키가 아주 작고 체격이 왜소하며 붉은 머리카락은 곧 하얗게 셀 것 같다. 사람들은 나를 보고 19세기 영국의 은둔학자 같다고 말한다. 나는 속이 밖으로 삐져나온 것을 가리기 위해 낡아빠진 페르시안 양탄자를 깔아놓은 침대 겸용 소파인 체스터필드에서 생활하고 있다. 그리고 창가에 세워놓은 전기스탠드 밑에서 책을 읽는다. 항상 독서를 한다. 내가 집에 돌아올 때면 운하 건너에 사는 이웃들은 늘 기쁘다고 말했다. 그들이 나를 일종의 등대로 생각하기 때문이다. 부인들은 심지어 쌍안경을 들고 나를 관찰한다고 실토하기도 했다. "한 시간 후에도 여전히 거기 앉아 있는 당신의 모습을 본답니다. 가끔은 죽은 게 아닌가 하는 생각이 들기도 하죠."

"부인이 죽음이라고 일컫는 것은 사실 정신의 집중이에요." 나는 말했다. 이 말은 원하지 않는 대화를 끝내고 싶을 때 아주 제격이었다. 하지만 부인들은 내가 읽는 것들이 무슨 책인지 알고 싶어했다. 그럴 때는 기분이 좋았다. 그런 대화는 이웃에 있는 카페 '더 클레펠'에서 이뤄졌기 때문이다. 나는 큰 소리로, 아니 공격적이기까지 한 큰 소리로 대꾸했다. "부인, 어제저녁엔 테오프라스토스의 『성격론』을 읽었어요. 그리고 논노스의 『디오니소스 이야기』를 읽었습니다." 그런 말을 하면 카페 안이 갑자기 조용해진다. 그리고 아무도 나를 더는 귀찮게 하지 않는다.

그러나 나는 지금 색다른 어제저녁에 대해 얘기하는 중이다. 나는 허브 리큐어 다섯 잔의 힘을 빌려 기분좋게 집으로 돌아와 통조림 세 개를 땄다. 송아지 머릿고기 수프가 든 캠벨, 토마토소스에 버무린 흰콩이 든 헤인즈, 프랑크푸르트소시지가 든 헤인즈. 통조림을 딸 때 느껴지는 깡통 따개의 감촉, 깡통에 구멍을 낼 때 칙 하고 나는 소리, 안에 든 내용물이 풍기는 냄새, 그리고 따개가 깡통 가장자리를 따라 돌며 내는 그 형용할 수 없는 소리. 익숙한 것들이라 별 감흥은 없지만 내가 알고 있는 가장 관능적인 쾌감 중 하나다. 나는 기원전 6세기 프리티노스가 그린 그림의 복제화가 인쇄된 그릇 바닥을 마주보고 식탁 의자에 앉아 식사를 한다. 펠레우스와 테티스가 맞붙어 싸우는 그림이다 (프리티노스는 뻔뻔하게도 6세기 전의 그림들도 자기가 그렸다고 했다). 나는 늘 바다의 요정 테티스를 떠올리면 마음이 약해진다. 그녀가 아킬레우스의 어머니이기 때문이 아니라, 무엇보다 신들의 딸인 그녀가 인간인 펠레우스와 결혼하기를 원치 않았기 때문이다. 그녀가 옳았다. 당신이 불사의 존재라면 죽어야 할 운명의 존재들이 뿜어내는 악취를 참을 수 없을 것이다. 그녀는 미래의 사체로부터 도망치기 위해 온갖 노력을 다했다. 불, 물, 사자 그리고 뱀으로 연달아 변신했다. 변신할 수 있다는 것이 신과 인간의 차이점이다. 신은 스스로 변신할 수 있지만 인간은 변신될 수 있을 뿐이다. 나는 늘 사용하는 이 그릇을 무척 좋아한다. 그림 속 격투자들은 둘 다 한쪽 눈만 보인다. 서로를 쳐다보지 않기 때문이다. 어느 곳도 향하고 있지 않은 듯한 초점 없는 눈. 성난 사자가 터무니없이 길게 뻗은 테티스의 팔 옆에 서 있고, 뱀은 펠레우스의 발목을 칭칭 감고 있고, 동시에 모든 것들이 정지되어 있는 것 같다. 소리 없는 죽음의 싸움이다. 나는 식사하면서 그림에서 눈을 떼지 않는다. 식사하는 동안은 책을 읽을 수 없기 때문이다. 아무도 믿지 않을 테지만 나는 그림을 보면서 식사하는 것을 즐긴다. 고양이들도 동물원의 사자들처럼 매일 똑같은 밥을 먹는데, 여태껏 고양이들이 불평하는 소리를 들어본 적이 없다. 삶은 콩 위에 올린 겨자 채소절임, 겨자를 바른 프랑크푸르트소시지, 내게 익숙한 이런 것들을 얘기하다보니 내 이름이 뮈서르트라는 생각이 난다. 헤르만 뮈서르트, 유쾌하지 않은 이름*

---

* 제2차대전 당시 네덜란드의 파시스트인 안톤 아드리안 뮈서르트와 같은 성.

이다. 차라리 겨자를 뜻하는 모스터르트라는 이름이 더 나았을 것 같다. 하지만 어쩌겠는가. 그리고 내 목소리는 어떤 심한 비웃음도 잠재워버릴 수 있을 만큼 힘차고 크다. 저녁식사를 마치고 설거지를 한 뒤 커피 한 잔을 들고 의자에 가 앉았다. 이웃들이 모항母港으로 안전하게 찾아갈 수 있도록 스탠드 불을 켠다. 허브 리큐어의 술기운을 덜기 위해 타키투스를 몇 페이지 읽었다. 그러면 항상 효과가 있다. 해로운 독소를 없애주니 말이다. 대리석처럼 매끄럽게 다듬은 언어는 해로운 기운을 사라지게 해준다. 타키투스를 읽은 후 자바섬에 대한 책을 좀 읽었다. 나는 실직한 이후 여행안내서를 쓰고 있기 때문이다. 바보 같은 짓이긴 하지만 밥벌이를 위한 것이다. 소위 모든 문학적 여행기 작가라는 자들은 부르주아들에게 놀라움을 주기 위해 전 세계의 경치들을 논하며 고귀한 영혼을 낭비한다. 그러나 나는 아직 그들처럼 멍청하지 않다. 나는 NRC*를 집어들었다. 신문 기사 중 침대로 갈 때 오려서 가져갈 만한 가치가 있는 것이 딱 하나 있었는데, 사진이었다. 나머지 기사는 대부분 네덜란드 정치에 관한 것들이었다. 그런 기사들에 관심을 갖다보면 뇌연화증에 걸리고 만다. 채무에 관한 기사도 있었다. 나 역시 채무가 있다. 그리고

---

* 네덜란드 일간지 〈엔에르세 한델스블라트〉.

제3세계의 부패상을 다룬 기사도 있었지만 부패에 관한 것이라면 이미 타키투스에서 많이 읽었다. 타키투스의 『역사』 제2권 86장에서 안토니우스 프리무스*의 이야기를 확인해보면 알 것이다. 요즘에는 더이상 글을 쓸 수 없다. 네덜란드 사람 넷 중 하나는 스트라보 박사라는 필명(출판사에서 내 실명인 '뮈서르트'로 발행하지 않았다)으로 내가 쓴 여행안내서 한 권쯤 집에 갖고 있을 것이다. 그러나 이제 나는 먹고살기 위해 글을 쓸 수도 없고 그러고 싶지도 않다. 그 책은 대강 이런 식으로 설명되어 있다. "사이호지 사원의 멋진 정원을 떠난 다음 우리는 출발했던 곳으로 돌아갑니다……" 대부분의 요리책이나 여행안내서가 그렇듯 그 안내서도 다른 책에서 그대로 베낀 것이었다. 사람은 먹고살아야만 한다. 내년에 AOW**를 받게 되면 이 생활도 끝난다. 그때 가면 오비디우스 작품 번역을 계속할 것이다. 어제저녁에는 "그리고 한때 그토록 위대했던 아킬레우스는 한줌의 유해로만 남았다"까지 번역했다. 거기에 "『변신 이야기』 제12권"이라고 적어두었다. 그러고는 졸려서 눈이 감기기 시작해 더는 할 수 없었다. 운율이 맞지 않았다. 전혀 맞지 않는다는 걸 나는 알았다.

---

* 네로 시대에 부정부패죄로 유죄판결을 받음―원주.

** 네덜란드 국민연금.

"전에는 그토록 위대했던 아킬레우스가 항아리 하나도 다 채울 수 없을 만큼의 재로 남았다"의 선명함과 간결함을 따라갈 수 없을 듯하다…… 라틴어 같은 언어는 더이상 없을 것이다. 그 정교함과 아름다움과 표현의 간결함을 능가할 언어는. 우리의 대부분 언어들은 너무 장황스럽다. 라틴어 번역본들을 보라, 왼쪽에는 라틴어 텍스트의 간결한 단어들, 절제된 단어들, 운율에 짜인 시행들이 있고, 오른쪽 번역 텍스트의 페이지에는 가득 메워진 단어들, 교통체증 같은 장황함, 빼곡히 들어선 단어들, 무슨 말인지 모를 횡설수설이 있다. 아무도 내 번역을 보지 못할 것이다. 만약 내가 죽으면 번역한 것을 무덤 속으로 가져갈 테니까. 또다른 무능한 번역가라는 소리는 듣고 싶지 않다. 나는 옷을 벗고 NRC에서 오려낸 사진을 들고 침대에 누웠다. 그리고 별생각 없이 사진을 들여다보았다. 그 사진은 사람이 찍은 게 아니었다. 우주선 보이저호가 지구로부터 60억 킬로미터 떨어진 곳에서 찍은 것이었다. 사실 나는 그런 것들에 별 관심이 없다. 우주에서 볼 때 내 존재가 더욱 미미해짐에 따라 결국 죽음을 면할 수 없는 내 운명마저 커 보이지 않는다. 그러나 나는 보이저호와 특별한 관계가 있었다. 내가 직접 보이저호와 함께 여행한 듯한 느낌을 경험했기 때문이다. 그 느낌이 궁금한 사람은 스트라보 박사의 『북미 여행안내서』를 읽어보면 알 수 있다. 그 책에는 그날의 천박스러운 감정에 대해 쓰지는 않았고 그때 바라다본 광경을 썼다. 나는 워싱턴 D.C.에 있는 미국 국립항공우주박물관에 가본 적이 있다. 특히 젊은이들이 항공우주에 관심이 있으니 출판사에서 한번 가보라고 권해서였다. 그 말을 듣고 씁쓸한 기분이 들었지만 원래 순종적인 성격인지라 가보기로 했다. 나는 과학기술에 흥미가 없는 편이다. 과학기술은 예측할 수 없는 결과를 가지고 우리의 육체를 지속적으로 연장시킨다. 몸의 일부가 알루미늄과 플라스틱으로 되어 있고 더이상 자유의지를 믿지 못하는 사람이 아니고서야 과학기술을 정말로 재미있다고 생각하지는 않을 것이다. 그러나 공개적으로 인정할 수는 없지만 어떤 기계들은 나름대로 고유의 매력을 지니고 있다. 그래서 나는 기꺼이 박물관으로 가 그곳에 전시된 옛날부터 현재까지의 비행기들 사이를 돌아다니며 구경했다. 인류 변화의 시작을 여실히 보여주는 우주캡슐도 구경했다. 우주는 우리가 살아야 할 운명의 장소라는 건 나도 안다. 결국에는 나 역시 우주에서 살 것이다. 하지만 거대한 우주여행의 흥분을 체험해보지는 못할 것이다. 나는 탐험에 나서는 사람들을 배웅하는 눈물의 탑*에 남아 있는 사람이다. 과거에 속한 사람이다. 암스트롱이 달 표면에 커다란 물

---

* 15세기에 건축된 암스테르담 도시성벽의 탑.

결 모양의 발자국을 남기기 이전 시대에 속하는 사람이다. 그 달나라여행 모습을 그날 오후에 볼 수 있었다. 나는 아무런 생각 없이 상영관에 들어갔다. 거기서 우주여행에 관한 영화를 상영하고 있었다. 어머니의 자궁처럼 몸을 포근하게 감싸주는 미국제 회전의자에 앉아 내 우주여행은 시작되었다. 여행이 시작되자마자 눈물이 솟구쳤다. 스트라보 박사의 여행안내서에는 그런 우주여행에 대한 내용이 한마디도 없었다. 감정은 예술로부터 나와야 한다. 나는 여기서 현실에 현혹되고 있었다. 어느 기술발명가가 시각적 마술을 부려 발밑에 월석月石을 갖다놓았다. 마치 우리가 직접 달 표면을 걸어 돌아다니는 것 같았다. 멀리서 환상적인 별, 지구가 빛나고 있었다(!) 호메로스나 오비디우스 같은 이 누구도 은빛을 발하며 떠도는 그 얇은 원반 위에서는 결코 신과 인간의 운명을 노래할 수 없었을 것이다. 나는 발밑에 쌓여 있는 먼지 냄새를 맡았고, 달의 작은 먼지구름들이 뿌옇게 날아올랐다 다시 내려앉는 것을 보았다. 내 존재는 상실되었고 내 존재를 대신할 다른 존재도 없었다. 내 주위에 있던 사람들도 그렇게 자신들의 존재를 상실했는지 나는 모른다. 사방이 쥐죽은듯 조용했다. 우리는 달 위에 있었지만 달은 우리가 결코 갈 수 없는 곳이었다. 시커먼 우주 공간 속에 떠 있으면서 어느 곳에서도 멈추지 못하고 떠도는 동전만한 원반 위에서 잠시 후면 우리는 눈부신 햇빛 속으로 걸어나갈 터였다. 그러나 상황이 더 나빠졌다. 나는 세상에서 쓰인 가장 아름다운 것이라고 여겨지는 작품들을 갖고 있다. 적어도 나는 그렇게 생각하지만 어느 행 혹은 어느 장면마다 눈물을 흘려본 적은 결코 없었다. 다른 사람들이 다 울 때도 나는 울지 않았다. 내 눈물은 유치하고 저속한 작품을 볼 때만 나온다. 바로 그때 총천연색 영화에서 남자 주인공이 여자 주인공을 처음 본 순간에 나올 법한, 순전히 듣는 이의 영혼에 탈출구를 허용하지 못하도록 만들어진 감상적이고 달콤한 음악이 흘렀다. 그런 음악에 나는 눈물을 쏟았고 멈출 수 없었다. 사람들 얘기로 처칠은 걸핏하면 울었다고 하지만 드레스덴에 폭격 명령을 내렸을 때는 울지 않았을 것이다. 인간이 만들어낸 우스꽝스럽게 생긴 기계, 번쩍이는 거미 같아 보이는 보이저호는 우주 공간으로 날아갔다. 움직일 수 없을 만큼 무거운 얼음 밑에서 고통당하는 바위들의 슬픔 말고는 어떤 슬픔도 존재한 적 없는 무생명체 행성들 사이를 날아갔고, 나는 울었다. 보이저호는 우리를 떠나 영원 속으로 날아갔고 이따금 삐, 삐, 삐 소리를 내면서 촬영을 했다. 우리가 살아야만 하는 지구와 함께 불타는 가스덩어리 둘레를 돌고 있는 차갑거나 뜨거운 모든 무생명체 행성들을 촬영하는 것이었다. 우리를 에워싼 어둠 속에서 보이지 않는 스피커들이 음악을 퍼부어댔다. 음악은 외로운 금속 우주

탐사선이 지닌 정적을 필사적으로 깨려 했으나, 바로 그 순간 박력 있는 목소리가 말하기 시작했다. 처음에는 배경음악과 함께 나오다가 이내 솔로 악기처럼 매끄러운 목소리로 말하기 시작했다. 보이저호는 구만 년 후 우리 은하계의 경계선에 도달할 것입니다. 그러더니 잠시 멈추었고, 음악소리가 독을 타넣은 파도처럼 밀려들다 잠잠해지면서 다시 큰 목소리가 나왔다. "그럼 우리는 그 영원한 질문들에 대한 답을 알게 될지도 모릅니다."

홀 안에 있던 휴머노이드가 주춤거렸다.

"거기 누구 있나요?"

보이저호가 어느 우주의 빛 속으로 소리 없이 날아가버려 텅 빈 우주의 거리처럼 주위가 조용해졌다. 보이저호가 떠난 지 이제 오 년밖에 되지 않았다. 구만 년 뒤란다! 그때가 되면 우리 자손의 자손의 자손은 우리의 흔적도 찾아볼 수 없을 것이다. 우리는 그곳에 결코 있어본 적 없는 존재일 것이다! 다시 음악소리가 팽창했고, 내 눈에서 고름이 흘러나왔다. 그건 또 한번의 변신이었다! 스피커가 마지막 말을 내뱉었다. "우주에는 우리들뿐일까요?"

문득 나는 그 소리를 알아차렸다. 목에 붙어 있는 소리가 아니었다. 그건 우리가 없을 때도 흘러나왔던 목소리였다. 그 배경음악이 피타고라스의 조화론에서 설명한 것을 부정했던 것처럼.

나는 다른 사람들 사이에 섞여 상영관 밖으로 나왔다. 유쾌하기도 했고 낭패스러운 느낌도 들었다. 나는 화장실의 거울 앞에서 어이없게도 붉게 충혈된 눈을 보았다. 내가 운 이유는 죽어야 하는 운명 때문이 아니라 허위와 기만당함 때문이었음을 알게 되었다. 집에 있었다면 제수알도*(세상에서 가장 순수한 음악을 작곡한 살인자)의 마드리갈로 마음을 달랬겠지만 거기선 버번위스키로 때울 수밖에 없었다. 저멀리 평화로이 식민지풍의 백악관 건물이 보였다. 바로 그 순간에도 그곳에서는 무언가 끔찍한 일이 준비되고 있을 터였다.

그리고 지금, 항상 살며시 사라져버려 존재할 수 없는 시간을 뜻하는 단어지만, 나는 눈을 감은 채 리스본의 어느 방에 누워서는, 눈을 뜨고 침대에 누워 그 사진을 들여다보던 전날 저녁(전날 저녁이 맞다면)에 대해 생각하고 있었다. 나도 그동안 보이저호처럼 여행을 계속했다. 나는 저급한 여행안내서를 썼고, 보이저호는 쉬지 않고 사진을 찍었다. 나는 지금 보이저호가 찍은 여섯 장의 사진—금성, 지구, 목성, 토성, 천왕성, 해왕성—이 나란히 실린 신문조각을 들고 있다. 전부 오비디우스의 시를 읽으

* 16세기 이탈리아에서 유행한 자유성악곡 '마드리갈'의 대표 작곡가. 1590년 아내와 그 내연남을 살해했다.

면서 알게 된 오랜 지식들이다. 우주 공간은 결이 거칠고 색이
바래고 얼룩진 수의壽衣 같았다. 행성들은 수의 위에 박혀 빛나는
아주 작은 점들로 변해 있었다. 사진에는 "보이저호, 태양계를
벗어나는 중"이라는 제목이 붙어 있었다. 그렇군, 보이저호! 넓
은 우주 속으로! 우리만 남겨놓고! 그러고는 다시 한번 지구의
하찮음을 일깨워 우리의 자존심을 상하게 할 작정으로, 우주의
배후에 있는 수십억 개의 다른 별들 가운데 지구 역시 하나의 별
에 지나지 않음을 보여주는 사진을 찍어 보낼 것 같았다. 반면
인류가 보이저호를 직접 제작해 여행을 보낸 이유는 구만 년 후
에 적어도 우리가 어디에 위치해 있는지 알기 위해서였다.

　나는 잠에 빠져들기 시작하는 걸 느꼈다. 동시에 거대한 파도
가 나를 덮쳐 삼켜버리고 엄청난 힘으로 함께 밀려나가는 듯했
다. 나는 파도가 그토록 엄청나게 센 줄 몰랐다. 순간 죽음을 생
각했다. 파도가 아니라 그 사진 때문이었다. 곧장 생각이 꼬리에
꼬리를 물고 이어진다. 손에 들고 있던 신문조각에 실린 미세한
별들의 사진 덕분에 나는 선조들이 죽음을 환기하기 위해 즐겨
감상했던 그림이 생각났다. 인생무상을 표현한 괴기스러운 그림
이었다. 한 수도자(고통스럽게 엉겅퀴풀을 밟은 맨발 옆에 추기
경 모자가 놓여 있다면 성 히에로니무스)가 탁자 위로 몸을 구부
린 채, 『햄릿』의 요릭처럼 재치가 없었을 누군가의 해골과 십자

가에 못박힌 남자를 번갈아가며 처다본다. 불길한 먹구름, 황량한 풍경, 어딘가 앉아 있는 사자 한 마리. 어쩌면 선조들은 그런 그림을 갖고 있었기에 세상에 맞섰을지도 모른다. 우리에게 그런 그림이란 60억 킬로미터 밖에서 찍어 신문에 실린 한 장의 사진뿐이다. 내가 손에 쥔 신문조각이 희미한 별 위에 동시에 존재하고 있다는 건 물론 놀라운 일이었지만, 그 모든 생각이 그날 저녁 내 머릿속에 떠올랐던 것이었는지는 모르겠다. 보통 나는 잠이 들기까지 여러 생각들을 되돌아볼 수 있다. 잠에 빠져들면 정신은 육체에 굴복해야 하는 법이다. 밤은 하인들이 굴종하듯 육체를 밤의 어둠과 타협시키고 없는 존재로 가장하려 한다. 하지만 어제는 달랐다. 나를 사로잡고 있던 생각이, 그게 무엇이었든, 나를 끌고 가는 듯한 완만한 파도와 필사적으로 조화를 이루려고 애썼던 것 같았다. 우주 전체가 나를 마비시키는 데 열중하고 있었고, 나는 물고기가 제 몸을 끌고 가는 물살의 일부가 되듯 나를 마비시키는 그것과 함께 노래하려 애썼다. 그러나 내가 무엇을 원하든, 날고 싶든, 수영하고 싶든, 노래하고 싶든, 생각하고 싶든, 아무것도 할 수 없었다. 세상에서 가장 힘센 팔이 암스테르담에서 나를 들어다 리스본의 어느 방에 내려놓은 것 같았다. 그 팔은 내게 아무런 해를 끼치지 않았다. 아무데도 아프지 않았다. 뭐랄까, 전혀 원망스럽지도 않았다. 그리고 궁금하지도 않았는데, 그렇게 느끼게 된 건 날마다 오비디우스의 『변신이야기』를 가까이했기 때문일 것이다. 제15권 60~64절을 보라. 역시 나는 나만의 성서를 갖고 있는 셈이다. 그 성서야말로 진정한 도움을 준다. 게다가 아직 거울을 들여다보지 않았음에도 내 몸이 익숙한 나 자신의 것임을 느꼈다. 그러니까 다른 사람으로 변신한 게 아니었다. 내 논리에 따르자면 도저히 내가 있을 수 없는 어느 방에 있을 뿐이었다. 그리고 나는 그 방을 알고 있었다. 이십여 년 전 그 방에서 불륜을 저질렀기 때문이다.

불륜이라는 단어의 불쾌감이 나를 더욱 강하게 현실로 돌아오게 했다. 나는 무릎을 힘껏 끌어올려 세우고 베고 있던 베개 옆 여분의 베개를 머리 밑으로 집어넣어 반쯤 앉은 자세를 취했다. 진짜 데자뷔만큼 좋은 건 없다. 그 방에는 전에 보았던 그림들이 아직도 그대로 걸려 있었다. 과대평가되었던 시인 카몽이스를 우스꽝스럽게 그린 17세기의 초상화, 무너진 건물의 돌더미에 파묻히지 않기 위해 사방으로 달리는 얼굴 없는 사람들로 리스본 대지진을 묘사한 판화. 나는 그림을 보고 농담을 했으나 그녀는 그런 농담을 좋아하지 않았다. 그녀는 농담을 들으려고 그 방에 있는 게 아니었다. 복수하기 위해 그 방에 있었다. 지금 그녀는 복수하는 일에 나를 필요로 했다. 언젠가 사랑은 부르주아계급의 심심풀이라고 나는 말한 적이 있다. 물론 내가 말한 부르주아계급이란 평범한 중산층을 뜻했다. 그런데 그런 말을 한 내가 지금 사랑에 빠져 있었다. 즉 동일회로에 연결된 기계에 서로 끈적하게 엉겨붙은, 내가 그토록 경멸했던 얼간이 집단의 일원이 된 것이었다. 나는 사랑에서 열정이 중요하다고 애써 믿었지만, 그녀에게도 사랑의 열정이 중요했다면 그건 나에 대한 열정이 아니라 빈혈증에 걸린 것처럼 생긴 그녀의 남편을 향한 것이었다. 그녀의 남편은 거대한 고깃덩어리같이 생겨서는 대머리인데다, 늘 돌아다니며 과자를 나눠주는 어릿광대처럼 히죽거리는 얼굴을 하고 있었다. 그는 네덜란드어 교사인데, 네덜란드어 교사의 풍자만화를 그리고 싶다면 그가 대표적인 모델감일 것이다. 그는 아이들에게 태어나기 오래전부터 태중에서 듣는 모국어를 가르친다. 그는 서수, 이중복수형, 분리동사, 서술적 용법, 전치사구 따위에 대한 기계적이고 허접스러운 설명으로 네덜란드어를 병적으로 습득하게 해 아이들을 자연스럽게 망쳐버린다. 그도 그렇지만 설익은 커틀릿 같아 보이는 친구가 시에 대해 논한다는 것도 문제다. 나가도 한참 나갔다. 그는 시를 논할 뿐 아니라 직접 쓰기도 했다. 몇 년마다 한 권씩 시집을 냈다. 시라야 미지근한 영혼에서 나온 메시지, 운율이 맞지도 않는 껄끄러운 시구, 책장 속에서 분리된 단어들이 떠다니며 무슨 말인지 알 수 없는 것들뿐이었다. 그 시들은 호라티우스의 시 단 한 행에 닿기만 해도 용해되어 흔적도 없이 사라져버릴 것들이다.

나는 똑바로 앉았다. 나 자신을 보고 싶어졌다. 외모가 어떤지 보고 싶어서가 아니었다. 내 외모에 혐오감을 느꼈다. 나는 진실을 대면하고 싶었다. 현재의 나와 과거의 나 중에서 어떤 쪽이 그 과거의 방에 있는지 알아야 했다. 어떤 쪽이 더 심각한지 알수 없었다. 한쪽 다리를 침대 밖으로 내밀어보았다. 핏기 없는 노인 같은 다리다. 그러나 내 다리는 늘 그렇게 보였었다. 다리를 보는 것으로는 아무런 소용이 없었다. 해결 방법은 딱 하나였다. 욕실에 있는 거울을 보는 것. 나는 욕실로 걸어갔다. 그 모든 세월이 지난 후 자신의 모습을 보는 게 망설여질 법도 한데 그렇지 않았다. 마침내 거울 앞에 섰다. 적어도 옛날의 나 자신일 필요는 없다는 것, 지금 거울 앞에 선 자가 어제저녁 암스테르담의 거울 앞에 서 있던 자와 어느 정도 닮았다는 것이 안도감을 주었는지도 모른다. '소크라테스'는 내가 가르쳤던 시골 고등학교에서 얻은, 내 외모에 딱 맞는 별명이었다. 내가 그렇게 생겼기 때문이다. 수염은 없이 안경을 쓴 똑같은 얼굴의 소크라테스. 콧구멍이 넓게 벌어진 주먹코 아래로 축 처져내린 입에서 어떤 말들이 나왔는지, 그리고 그 길거리 투사의 머릿속에서 어떤 사상들이 나왔는지 모른다면, 도저히 철학자라 생각할 수 없게 군살덩어리로 뭉친 못생긴 얼굴. 나는 영락없는 소크라테스였다. 그때처럼 안경을 벗은 모습은 더 심각했다.

　그녀는 먼저 안경을 벗어보라고 말한 뒤 첫마디로 "정말 소크라테스 판박이네요"라고 했다. 나는 안경을 벗으면 등딱지 없는 거북이가 된 느낌이 든다. 즉 여자와 몸을 섞을 때 모든 피조물들 중에서 가장 무력한 존재가 된다는 의미다. 그리고 많은 이들이 늘 즐겨 얘기하는 그런 행위들과는 거리가 멀다는 것을 의미한다. 내 생각에 그런 행위들은 만져보지 않아도 존재를 알 수 있는 일에 몰두하는 사람들보다는 차라리 동물의 왕국에 속하는 것들을 의미했다. 그러니 그런 상황에서 만지는 일이란 내 성미에 맞지 않았다. 만진다기보다는 맹인이 더듬거리고 할퀴는 것에 더 가까웠다. 물론 내 손이 대략 어디에 있어야 했는지는 알았지만 내 눈은 여전히 그곳을 찾는 데 결정적으로 협조를 거부했기 때문이다. 내가 본 것들은, 글쎄 보았다고 말해야 할지 모르겠지만, 여기저기 다소 핑크색을 띤 채(!) 이상하게 볼록 돌출된 덩어리도 있었고 시커먼 곳도 있었다. 가장 난감했던 건, 그런 낯선 상황에서도 다행히 나의 죄 없는 손들은 어떻게든 나를 도우려 애썼지만 손놀림이 거칠고 서툴다는 비난을 받았다는 것이다. 내 손놀림은 시설에서 도망쳐나온 아동성추행범 같았다. 인간들 개개의 사랑에 따르는 행위를 자세히 설명하고 싶은 마음은 없다. 다만 그녀는 최선을 다했다고 말할 수 있다. 여자들은 어떤 일을 하겠다고 마음만 먹으면 모든 의지력을 다해 남자들이 필적할 수 없는 힘을 발휘한다. 나는 나를 바라보았다. 그때 노란 불빛은 아무리 잘생긴 얼굴도 시체처럼 창백한 안색으로 바꿔버리는 네온빛이 되어 있었다. 그러나 내 앞에서 본 건 그런 얼굴이 아니었다. 내가 본 것은 이제서야 처음으로 소크라테스로 변한 얼굴이었다. 수염, 안경, 옷차림이나 장신구 따위는 더이상 문제되지 않았다. 거기 서 있던 사람은 내가 한 번도 사랑해본 적이 없는 사람이었다. 그가 내게 사랑을 불러일으켰다. 대체 왜 그랬을까? 그 얼굴에 어린 야만성이 평생 나를 따라다녔다. 그러나 지금은 뭐라고 딱히 지적할 수 없는 또다른 요소가 더해졌다. 그게 무엇이었을까? 내게 무슨 일이 있었던 게 분명했지만 그게 무엇인지는 알지 못했다. 내가 갑자기 그곳에 가 있다는 사실은 전혀 중요하지 않았다. 자주 그러듯 나는 혀를 내밀어보았다. 돼지같이 볼품없지만 내 신체 가운데 여전히 가장 매력적인 부분 중 하나다. 거울 앞에 서서 혀를 내밀어보면 대개는 정신을 집중하는 데 큰 도움이 된다. 이전의 생각으로 돌아가게 해주는 묵상의 한 형태라고 해두자. 문득 나는 전날 저녁에 무슨 생각을 했었는지 알게 되었다. 그게 전날 저녁이었다면 말이다. 완전히 잠이 들었을 때인지 반쯤 잠이 들었을 때인지 아무튼 내게 밀려와 덮쳤던 커다란 파도는 두려움이었다. 우주 속에 무방

비 상태로 떠 있는 지구를 향해 떨어질지도 모른다는 육체적 두려움이었다. 지금 그것과 똑같은 두려움을 느껴보려고 애썼지만 더이상 느끼지는 못했다. 나는 분명 뉴턴의 법칙에 따라 리스본의 에식스 하우스 6호 욕실에 깔린 붉은 타일 바닥 위에 못박힌 것처럼 서 있었고, 생물 교사 마리아 세인스트라를 생각했다. 그녀의 남편 아런트 헤르프스트 역시 같은 고등학교에서 가르치고 있었다. 물론 내가 근무했던 곳이기도 했다. 그녀가 인간의 기억이 어떻게 작용하는지, 동물들은 어떻게 죽는지 설명하는 동안 나는 10센티미터 두께의 벽돌 벽을 사이에 두고 신들과 영웅들 혹은 고전어의 부정과거시제에 대해 가르쳤다. 반면 그녀의 남편이 있는 반대편 교실에서는 아이들이 킥킥거리며 떠들어대고 환호하는 소리가 들렸다. 그는 늘 그렇듯 가르치는 것 없이 노닥거리기만 하니 학생들에게 인기가 대단했다. 그는 살아 있는 시인이자 학교의 코프볼*팀 코치였다. 소크라테스를 닮은 난쟁이와는 근본적으로 달랐다. 소크라테스를 닮은 난쟁이는 프린스나 휠릿**이나 마돈나 같은 살아 있는 전설들에 열광하는 아이들이 전혀 이해할 수 없는, 묵은 시신들 뒤에 감춰진 이천 년 전 언어

* 남녀 4명씩 총 8명으로 한 팀을 이뤄 골대에 공을 던져 넣는 운동경기.
** '굴리트'라는 영어식 발음으로 알려진 네덜란드의 축구선수.

로 된 심원한 문장의 아름다움 말고는 줄 것이 없었다. 가끔은 예외적인 때가 있다. 축복받은 해에는 그 아름다움을 이해하는 학생이 있다. 선생에 대한 학생들의 혐오와 신랄한 적대감을 잊게 해주고, 6보격의 화려한 운율을 함께 맞추고, 음악적 귀를 가졌으며, 챔피언처럼 복잡한 격변화의 모든 장애를 뛰어넘어 시의 개념의 흐름을 따라가며 연결관계는 물론 구조와 아름다움까지 이해하는 학생 말이다. 여기서 또 아름다움이라고 말했다. 어찌할 도리가 없다. 나는 추했고, 아름다움은 내 열망이었다. 눈으로 볼 수 있고 즉시 만질 수 있는 것이 아니라, 더욱 신비스럽고 변형적이며 죽은 언어의 보호 갑옷 뒤에 숨겨져 있는 아름다움이었다. 죽음! 그 언어들이 죽은 것이라면 나는 나사로를 죽음에서 살려낸 예수그리스도였다. 축복받은 그해에 그 아름다움을 이해한 학생이 있었다. 이해하는 것 이상이었고 경이롭기까지 했다. 그녀는 스스로 아름다움을 만들어낼 수도 있었다. 그녀에게 내가 가진 지식은 없었지만 문제되지 않았다. 리사 딘디아가 라틴어 시를 한 행씩 유창하게 읽기 시작하면 시가 살아나고 물줄기가 되어 흘러갔다. 그녀는 놀라움이었다. 내가 왜 여기 있는 건지 모르지만 이게 그녀와 어떤 관계가 있다는 걸 나는 안다.

이제 한 발 뒤돌아 현실로 돌아오고 있지만 여전히 낯설다. 머릿속에서 무언가 빛나고 있는 것 같다. 어제저녁에 두려웠다면 지금은 흥분해 있다. 에식스 하우스, 포르투갈의 호텔치고 엉뚱한 이름이다. 타구스강 근처의 자넬라스 베르데스가街에 있다. "나는 내면으로부터 부패해가고 있다. 나는 무엇으로 죽어가는지 안다 / 존재가 무기력해지는 타구스강에서……" 슬라우에르호프의 시다. 언젠가 수업 시간에 이 시구에 나온 전치사 'aan'이 한 가지 이상의 뜻을 전달할 수 있는 기교적 역할을 한다고 말한 적이 있다. 네덜란드어에서는 어떤 병으로 죽을 수도 있고, 어떤 장소에서 죽을 수도 있다고. 그러나 그녀 말고는 아무도 웃지 않았다. 이제 욕실에서 나가야겠다. 내 존재가 부담스러워지고 있다. 배가 고픈 게 아닌가 하는 생각이 들지만 그렇진 않은 것 같다. 전화로 룸서비스를 요청한다. "페케누 알모수."* 내가 포르투갈어를 할 수 있다는 걸 잊고 있었다. 전화를 받는 목소리가 차분하고 친절하고 젊다. 여자다. 놀라는 기색도 없다. 아침식사를 가져온 젊은 여자도 마찬가지다. 내가 착각한 건지 모르겠지만 그녀의 태도에 공손함이 있다. 나는 보통 서비스업 종사자들에게 공손함(사실 웃기는 단어다)을 기대하지 않는다. 나는 바닥에 다리를 포개고 앉아 아침식사를 늘어놓는다. 나는 안다. 이

---

* 포르투갈어로 '아침식사'.

제 기억을 되살리는 일을 시작해야 한다는 것을. 방이 그러기를 원하고 있다. 예전에 학생들의 헤로도토스 번역을 채점할 때 느꼈던 것과 똑같은 느낌이 든다. 나는 속이 훤히 들여다보이는 거짓말쟁이들한테 늘 약했다. 그들의 번역이 꾸며낸 역사가 지루한 사실을 테러하듯 나열하는 것보다 더 재미있기 때문이다. 그러나 학생들이 그 늙은 허담가虛談家의 그리 빛나지도 않는 산문에 저지른 교살행위는 나의 흥미를 앗아가버렸다. 그녀의 번역만은 예외였다. 있지도 않은 페르시아 관습, 리디아 공주, 이집트 신 따위의 순전히 꾸며낸 이야기를 가끔 덧붙였기 때문이다.

리사 딘디아를 사랑하지 않은 사람은 교장, 남자 교사, 여자 교사, 실험실 조교를 통틀어 학교 전체에서 내가 유일했다. 리사는 내 과목뿐만 아니라 모든 과목에서 뛰어났다. 수학에서는 명석함이, 과학에서는 탐구정신이 있었고, 언어 과목에서는 언어 자체의 혼 속을 거닐었다. 교지에 그녀의 첫 작품이 실렸다. 어린아이들의 이야기 속에 등장하는 어느 여자에 관한 내용이었다. 리사는 코프볼 시합에서 결승골을 넣어 우리 학교에 승리를 안겨주었다. 그런 것들 외에 신체적 아름다움은 두말할 필요가 없었다. 교실 안 육십 개의 눈 중에서 그녀의 눈을 피한다는 건 불가능했다. 그녀는 이미 오래 산 사람처럼 검은 머리에 흰 머리카락이 드문드문 섞여 있었다. 흰 머리카락은 젊음의 영역에서 다른 시간의 질서를 나타내는 표시이기도 했다. 아마 그녀의 몸이 그녀가 요절할 운명임을 알고 있었기 때문인지도 몰랐다. 나는 혼자서 속으로 케토와 포르키스의 딸들의 이름을 따서 그녀를 그라이아라고 불렀다. 케토와 포르키스의 딸들은 심한 조로증 때문에 태어날 때부터 백발이었다. 한번은 리사에게 이 이야기를 했더니 그녀가 나를 멍한 시선으로 쳐다보았다. 남들이 내 생각과 다를 때나 자신의 비밀스러운 부분을 말할 때, 혹은 내가 이미 알고 있는 것을 모르기를 바랄 때, 우리가 상대방을 쳐다보는 눈빛은 실은 쳐다보는 게 아니다. 그녀의 눈빛도 바로 그랬다. 그녀는 일찍이 네덜란드에 이민 온 이탈리아 출신 외국인 노동자 부부의 딸이었다. 초기 이탈리아 이민자들은 터키, 스페인, 포르투갈 사람들과 함께 네덜란드를 오랜 지역주의에서 해방시키기 시작했다. 그녀의 아버지는 이탈리아 카타니아 출신의 금속세공업자였다. 그가 아런트 헤르프스트와 자기 딸의 관계를 알았다면 아마 아런트를 때려죽였을 것이다. 아니면 교장에게 달려가 소리지르며 난리를 쳤을 것이다. 교장은 혐오스러운 아런트에게 그녀를 넘겨줄 수밖에 없었기 때문에 이미 충분히 괴로워했다. 왜 그 일이 좀더 일찍 밖으로 드러나지 않았는지 모르겠다. 학생들과 교사들 모두가 그녀 둘레에 침묵의 베일을 쳐놓은 것만 같았다. 모두가 침묵하면 그 일이 지나가버릴 테고, 그녀도 사라져버릴 거라고 생각했기 때문인 듯했다. 말하자면 우리 모두 그랬고 나 역시 그랬다. 그러나 나는 그녀를 사랑하지 않았다. 그럴 수 없었다. 나는 내 삶의 체계에 절대적 규범의 닻을 견고히 내려놓고 있었다. 그 규범에 맞지 않는 일이기에 나는 사랑에 빠질 수 없었다. 그녀가 내 수업을 들었던 몇 년 동안은 사랑과 관계 있는 일종의 행복을 경험했지만, 그것은 매일 텔레비전 화면에서 흘러나오는 변형된 통속적 사랑이나 이른바 '사랑에 빠졌다'는 괴롭고 진부한 감정을 통제하지 못하는 상태와는 거리가 멀었다. 나는 사랑에 따르는 불행을 매우 잘 알고 있었다. 보통 사람은 모두 필사必死의 존재이자 서로에게 타인이다. 내 인생에서 딱 한 번 보통 사람의 축에 속했던 적이 있다. 마리아 세인스트라와 사랑에 빠졌기 때문이었다. 단 한 번이었지만, 그 한 번이 둘 모두에게는 불행한 운명이었다. 비록 당신은 직접 내 이야기에 나오는 등장인물이지만, 다른 사람들은 떠나가버리고 당신에게만 내 이야기를 하게 돼 나는 기쁘다. 하지만 내가 당신에게만 얘기할 필요가 있다는 걸 당신도 이미 알고 있을 것이다. 당신을 3인칭으로 부르는 게 너무 힘들지만 그냥 그렇게 부르겠다. 진부하다, 진부하다Banalitas banalitatis. 내 신조로 삼은 말이다. 이십 년 동안 그 시절의 사건들에 대한 아주 사소한 생각까지도 피할 수 있게 해주었다. 레테*의 물을 마셔버린 셈이었다. 내게 과거는 더이상 존재하지 않았다. 아직도 기억에 남아 있는 건 오로지 별이 두 개나 세 개나 다섯 개 붙은 호텔에 대한 것과 그 호텔에 대해 썼던 쓸모없는 소리들뿐이다. 소위 진정한 삶이라는 것이 내가 하는 일에 참견했던 적이 한 번 있었다. 그 삶은 수많은 담론들, 시구들, 책들이 내게 가르쳐준 것과 어느 한 군데 같은 곳이 없었다. 운명이라는 건 합창에서 예언자나 신탁이 죽음을 예고하는 것과 관계있었다. 냉장고 옆에서 헐떡거리거나, 손을 더듬거리며 콘돔을 찾거나, 길모퉁이에 세워놓은 혼다 승용차 안에서 기다리거나, 리스본 어느 호텔에서 밀회를 즐기는 것과는 아무런 관계도 없었다. 오직 쓰인 글만이 존재할 뿐, 스스로 해야 하는 것에는 형식이 없다. 일정한 운율이 없는 우연에 지배된다. 그래서 너무 오래 걸린다. 끝이 안 좋게 끝나면 박자가 안 맞는 것이고, 어떤 것도 그걸 지워버릴 수 없다. 그렇다면 써라, 소크라테스여! 그러나 소크라테스도 쓸 수 없고 나도 쓸 수 없다. 이미 쓰인 상황에서 쓴다는 건 언젠가는 죽음을 피할 수 없는 운명임을 인식하지 못하는 오만한 자들과 맹목적인 자들에게 해당되는 일이다. 이제 모든 이야기들이 씻겨나가

* 그리스신화에 나오는 망각의 강이자 망각의 여신.

도록 한동안 가만히 있고 싶다. 당신은 내가 이 이야기를 얼마나 오래 해야 하는지 말해주지 않았다. 나는 이제 아무것도 측량할 수 없다. 지금은 시기스몬도 딘디아*의 마드리갈을 듣고 싶다. 명징함, 적당한 타이밍, 무반주 노래, 질서 있는 작곡 속에서 긴장되고 강요된 감정들의 카오스. 내 집에서 리사는 처음으로 시기스몬도의 마드리갈을 들었다. 나는 그녀에게 선물을 주듯 "네 조상의 음악이지"라고 말했다. 나는 사회에서 추방당한 사람이다. 늘 그랬다. 사회에서 밀려난 선생과 공주 같은 제자. 그녀는 내 유일한 혈통이라 할 수 있는 책장 앞에 서서 이상할 정도로 긴 팔로 헤시오도스와 호라티우스의 시집이 있는 곳을 가리키며 다가가다 돌아서서 이렇게 말했다. "제 아버지는 금속세공소에서 일하세요." 그녀는 가급적 자신과 음악 사이에 상당한 거리를 두려고 했다. 그러나 나는 리사 딘디아를 사랑하지 않았고, 마리아 세인스트라를 사랑하고 있었다.

이 방에서 나가자! 어떤 방에서 말인가? 여기, 리스본의 이 방에서. 소크라테스는 두려웠다. 스트라보 박사는 감히 얼굴을 드러내지 못하고, 헤르만 뮈서르트는 자신이 호텔 숙박부에 기록

---

* 르네상스 후기와 바로크시대에 활동한 이탈리아 작곡가.

되었는지조차 알지 못한다. "그 이상하게 생겨먹은 남자는 어디서 왔습니까?" "몇호실에 있습니까?" "숙박부에 그 사람 이름을 적어놓았습니까?"

모든 게 있을 수 없는 일이다. 나는 미슐랭 여행안내서와 리스본 지도를 집어든다. 물론 모든 게 분명히 제자리에 놓여 있었다. 지갑에 든 여행자수표, 포르투갈 화폐 이스쿠두. 누군가 나를 사랑하고 있다. 입사 시비 비르투스 프라이미움.* 그리고 두려움은 괜한 것이었다. 눈부시게 아름다운 님프가 눈빛을 반짝이며 내게 방 열쇠를 건네주면서 "봄 디아, 도토르 뮈서르트"** 하고 말했기 때문이다. 제왕의 달 8월, 연자줏빛 등나무 다발, 그늘진 스페인식 파티오, 아래층으로 이어지는 돌계단, 이십 년 세월에 곰삭아버린 그때의 도어맨. 나는 그를 알아본다. 그도 나를 알아보는 것 같다. 그녀가 입술에 꿀을 흘려가며 작은 노른자색 브리오슈를 게걸스레 먹었던 작은 빵가게. 아무것도 달라진 게 없다. 아무것도. 그 빵가게는 거기에 그대로 있었다. 세상은 영원하다. "봄 디아!" 즐거웠던 그때를 생각하며 그 빵을 먹어본다. 그녀의 입술 맛을 다시 한번 즐기기 위해. 그리고 카페지뉴***

---

* 덕(德)은 그 자체가 상(賞)이다(ipsa sibi virtus praemium)―원주.

** "안녕하세요, 뮈서르트 박사님."

*** 에스프레소와 비슷한 브라질식 커피.

를 쓰고 진하게 마신다. 커피는 내가 마시고 싶어서다. 달콤쌉싸름한 맛을 입에 머금고 건너편 매점에 가서 〈디아리우 데 노티시아스〉 신문을 산다. 국제 뉴스는 나와 상관이 없다. 어쨌든 그때는 그랬다. 오늘은 이라크 뉴스다. 당시 이라크가 어떠했는지 더이상 기억하지 못한다. 그리고 내가 아는 이후의 이라크는 고대 바빌로니아와 아카드와 수메르와 칼데아를 가리고 있는 일종의 마스크다. 그리고 우르, 유프라테스강, 티그리스강, 수백 가지 언어가 난무하는 사창가 같은 화려한 도시 바빌론. 나는 내가 어떤 멜로디인가를 흥얼거리면서 한창 잘나갈 때처럼 발걸음이 경쾌하다는 걸 느꼈다. 라르구 데 산투스로 간 다음 줄류 24번가로 간다.

오른쪽으로는 작은 기차와 유치한 색색의 장난감 같은 전차들이 보인다. 그것들 뒤에 나의 강이 있어야 한다. 하고많은 강 중에서 왜 하필 그 강이 나를 감동시켰는지는 모르겠다. 내가 그 강을 처음 본 건 아주 오래전 1954년, 리스본이 아직 몰락해가는 제국의 수도였을 때였다. 네덜란드는 이미 인도네시아를 잃은 상태였고 영국은 인도를 잃었다. 그러나 그 강이 있는 포르투갈에는 현실세계의 법칙들이 통하지 않은 것 같았다. 포르투갈은 여전히 티모르, 고아, 마카오, 앙골라, 모잠비크를 점령하고 있었다. 그들의 해는 여전히 지지 않고 있었다. 그들의 제국에는 낮과 밤에도 어딘가 해가 떠 있어서 대낮에 보이는 사람들도 잠의 세계에 빠져 있는 것 같았다. 북유럽에서 본 적 없는 흰 신발을 신은 사람들이 팔짱을 끼고 시커먼 색을 띤 넓은 강을 따라 산책하고 있었다. 그들은 잘 들리지 않게 소리를 죽여가며 길게 늘어지는 라틴계 말로 서로 얘기를 나누고 있었다. 내가 느끼기에 그들의 말투는 물과 관련이 있었다. 눈물의 강, 그리고 탐험가들이 오갔던 대양의 바닷물과 관련이 있을 터였다. 옛날의 왕궁은 물론 카실랴스와 바레이루를 분주하게 오가는 작은 배들까지 장식했던 마누엘양식의 밧줄과 매듭 장식, 쓸쓸한 이별의 표지인 벨렝탑, 탐험가들이 조국을 떠날 때 마지막으로 보고, 수년 후 다시 탐험에서 돌아왔을 때 맨 처음으로 보게 되는 벨렝탑. 그들이 살아서 돌아왔을 때 얘기이긴 하지만. 나는 돌아왔다. 19세기 리스본을 해방시켰던 테르세이라 공작의 애처로운 동상을 지나 전차를 피해 카이스 두 소드레 광장을 건너 강가로 가 섰다. 예나 지금이나 변함없는 강이었다. 단지 지금의 내가 그 강에 대해 더 알고 있을 뿐이다. 강의 수원지가 스페인의 쿠엥카 외곽지역 어딘가에 있다는 것을 알았다. 강이 깎아냈던 톨레도의 암벽도 알았고, 엑스트레마두라를 가로질러 흘러간 다음에는 강폭이 넓어지고 유속이 완만해진다는 것도 알았다. 나는 강의 기원을 알았다. 주위에서 들리는 말소리가 꼴꼴거리는 물소리 같았다. 나는 나중에(훨씬 나중에) 리사 딘디아에게 이렇게 말한 적이 있다. "라틴어는 본질, 프랑스어는 사고思考, 스페인어는 불, 이탈리아어는 공기(물론 '아이테르*라고 말했다), 카탈루냐어는 땅, 그리고 포르투갈어는 물이지." 리사는 큰 소리로 해맑게 웃었지만 마리아 세인스트라는 웃지 않았다. 지금 내가 선 곳에서 그 말을 했던 것 같은데 그녀의 반응은 신통치 않았다. "내가 보기에 포르투갈어는 속삭임 같은 거예요." 그녀가 말했다. "한마디도 못 알아듣겠어요. 그리고 강에 대해 어떻다고 말하는데 지나친 것 같아요. 아무튼 아주 비학문적인 말이에요." 나는 그 말에 평소처럼 아무런 대꾸도 못했다. 비록 그녀는 나의 강이 너무 더러워져 갈색을 띤다고 생각했지만 나는 그녀가 거기에 있었다는 게 기뻤다. "강물 속에 뭐가 들어 있는지 상상해볼 수 있잖아요."

나는 몸을 돌려 서서히 솟아오르는 시내 쪽을 바라본다. 그리고 여기서 무언가를 찾고 있음을 깨닫는다. 하지만 그게 무엇일까? 내가 다시 보고 싶은 무언가일 텐데, 다시 보아야만 알 수 있을 것이다. 그때 그 무언가가 눈앞에 나타난다. 엄청 큰 시계와

---

* 아리스토텔레스가 4원소설에서 확장한 개념으로, 천체를 구성하는 제5원소를 가리킨다.

어울리지 않는 작은 석조 건물이다. 건물 전체가 시계로 된, 돌로 만든 작은 헛간 같다. 시계는 크고 둥글고 흰색이었고, 시곗바늘이 힘차게 돌아가고 있었다. 시곗바늘은 시간을 지배한다. 시계 위에는 큰 글자로 법정 시간이라고 쓰여 있고, 뭉쳐 있던 매듭이 풀린 듯한 광장 안에 법조문 같은 소리가 울려퍼진다. "시간을 보러 오는 이가 누구든, 시간을 보러 오는 곳이 어디든, 시간을 늘리고 싶거나, 거부하고 싶거나, 흘러가게 놔두고 싶거나, 막고 싶거나, 방향을 바꾸려 한다면, 나의 법이 절대적인 것임을 알아야 한다." 내 거대한 시곗바늘은 공허하고 덧없고 실재하지 않는 현재를 가리킨다. 늘 그렇다. 내 거대한 시곗바늘은 부패해가는 분배정책과 오늘날 학자들의 음란성을 거부한다. 내가 가리키는 현재는 유일하고 실제적이며 계속되는 현재다. 그리고 끊임없이 새롭게 육십 초를 이어간다. 나는 지금 그때처럼 거기에 서서 수를 헤아려보고, 구획이 나뉜 흰색 문자판의 10과 15 사이를 가리키고 있는 커다란 검정색 철제 시곗바늘을 바라본다. 시곗바늘은 덜컹거리며 다음 구획으로 전진해 거기가 지금 현재라고 명령하고 규정한다. 현재?

비둘기 한 마리가 무언가를 확인해주고 싶은 듯 시계 위의 반원형 아치에 내려앉았지만 나의 내적 사색을 방해할 순 없었다. 시계에는 두 가지 기능이 있다고 생각한다. 하나는 사람들에게 시간을 알리는 것이고, 다른 하나는 시간이 불가사의한 것임을 인식시키는 것이다. 시간은 얽매인 데 없는 측량 불가의 현상이며 스스로를 드러내기를 거부한다. 우리 인간이 궁여지책으로 순서의 외양을 입혀주었을 뿐이다. 시간은 모든 것이 동시에 일어났을 수 없도록 해주는 체계다. 언젠가 라디오에서 잠깐 들었던 문장이다. 내가 얘기하는 건 영어 동사의 과거형 was나 had처럼 과거의 일이다. 나는 지금 여기에 서 있고, 언젠가 여기서 마리아 세인스트라와 함께 서 있었다. 그녀는 북홀란트 지방의 푸른색 눈으로 나를 쳐다보며 말했다. "대체 지금 무슨 소리를 하는 거예요, 바보같이? 과학의 시간과 당신의 바보 같은 영혼의 시간을 서로 구분하지 못한다면 어딘가 잘못된 거예요."

나는 그 말에 아무런 대답도 하지 않았다. 비난을 받아서가 아니었다. 그녀에게 멍청이(혹은 형광등, 벽창호, 귤 같은 새대가리)라고 불리는 게 즐거웠다. 그리고 그 대답은 백 미터쯤 떨어진 영국식 술집의 벽에 걸려 있었다. 우리가 거기에 들어갈 때만 해도 그녀는 전혀 눈치채지 못했다. 그러나 시원한 그늘 밑에 앉아 마데이라 와인을 한 모금 마시면서 무심코 나는 그녀에게 이렇게 물었다. "지금이 진짜 몇시인지 알아요?"

그녀는 맞은편에 비스듬히 걸려 있던 커다란 목제 벽시계를 쳐다보았다. 갑자기 불만스러운 듯 표정이 일그러졌다. 규칙적으로 돌아가는 우주의 신성한 약속이 깨졌을 때 사람들이 짓는 그 표정이었다. "좋아요, 그래요 좋아요." 그녀가 자신의 손목시계를 보며 말했다. "이제 알겠네요, 재미있군요."

"그런데요, 이건 시간을 인식하는 또하나의 방법이기도 합니다." 나는 말했다. "아인슈타인은 시간을 시럽으로 만들었고, 살바도르 달리는 시간과 시계뿐 아니라 모든 걸 녹여버렸죠." 맞은편 시계에는 보통의 방식으로 숫자들이 배열되어 있었다. 그 숫자들은 우리가 대형 열기구를 탈 수 있도록 질서 있게 도와줘야 한다. 그런데 순서가 반대로 되어 있었다. 6시 20분은 4시 20분이었다. 거기에 있던 사람들 모두 헷갈렸다. 술집 주인에게 그 시계를 어디서 구했는지 물어보니 가구를 인수할 때 함께 받았다고 했다. 그 주인 역시 결코 그런 것을 본 적이 없었다. 어느 영국인이 그에게 설명했다. 시계가 거꾸로 된 건 애호가들이 시계 안에 포트와인을 부었던 방법과 관련이 있는 게 틀림없다고.

"역주행하는 사람들한테서 뭘 기대하는 거예요?" 그녀가 말했다. "이제 언제 시내로 올라가죠?"

시간에 대한 주제는 끝났다. 나는 그녀의 치렁치렁한 붉은 머리카락을 뒤따라 선박의 거리로 불리는 나우스가를 걸었다. 내가 그녀에게 시내를 보여주는 게 아니라 오히려 그 반대 같았다. 그리고 그건 지금이 아니라 그때였다. 숫자판이 반대로 된 시계는 아직도 걸려 있었다. 스트라보 박사의 여행안내서에 그 시계에 대한 내용을 넣은 이래로 네덜란드 사람들 절반이 그걸 구경하러 온다. 그리고 이미 아흔한 명의 독자가 내게 그 시계에 있는 실제 시간은 거울로 확인할 수 있다고 설명해주었다. 독자들은 그러면서 '멍청이'라는 말은 하지 않았다.

그녀는 내 앞에서 파도에 휩쓸리는 배처럼 춤을 추었다. 남자라는 이들은 모두 그녀를 다시 한번 보려고 뒤돌곤 했다. 자신들 뒤에서 파도치는 경이로움을 보기 위해. 그녀가 그토록 아름다워서가 아니라, 분명히 그때 그곳에서 도발적으로 자유분방함을 표현했기 때문이었다. 물론 더 정확히 말하자면, 그런 그녀의 모습은 뭇사람들의 시선을 끌기 위해 인파 사이를 헤치고 나아가는 것 같았다. 나는 언젠가 이렇게 말했다. "당신은 결코 죽지 않을 것 같은 여자처럼 걷는 게 아니라, 모든 걸 포기하고 누구든지 사랑할 여자처럼 걷는군요." 나는 잠시 그녀가 화났다고 생각했으나 그녀는 이내 이렇게 대답했다. "아런트 헤르프스트만 빼고 누구든지요."

수업 시간에 내가 늘 반복해서 어떤 말을 했던가? 타키투스의 『역사』는 형식으로 보아 연대기적이라고 말했다(그래 이 바보야, 그것이 연대기의 형식을 취하고 있다는 뜻이고, 네가 그렇게 생각하는 건 아니지). 그러나 타키투스는 사건의 순서를 견고히 지키기 위해 자주 이야기를 중단하곤 한다. 나도 한번 그렇게 해야겠다. 햇빛을 가리는 밀짚모자를 사고, 정신을 가다듬고, 시간들을 구별해보는 거다. 그리고 시내 쪽으로 걸어올라간다. 꼬불꼬불한 알파마의 미로를 벗어나 상조르즈성城의 벨라 솜브라 호텔에서 시원한 그늘 속에 앉아 발아래로 시내를 내려다보며 내 삶의 모습이 어떠했는가를 돌아보는 거다. 시계의 순서를 거꾸로 돌려 말 잘 듣는 개처럼 과거가 내게 달려오도록 한다. 나는 평소처럼 모든 것을 똑같이 해야 할 것 같다. 평소에 하던 일 중 가장 좋은 것을 먼저 시작한다. 우선 햇빛가리개를 쓴다. 접을 수 있는 흰 밀짚모자. 모자를 쓴 덕분에 키가 좀더 커 보인다. "어이, 얘들아, 소크라테스가 안경에 괴상한 모자를 쓰고 있단다."

1960년대에 타락한 지식인들 중에서 우리 고등학교 교장의 타락이 가장 심했다. 만약 교장이 제멋대로 행동했다면 교사가 학생들한테 수업을 받았을 것이다. 그가 생각해낸 것들 중 가장 좋았던 건, 교사들이 서로 다른 교사의 수업을 참관할 수 있도록 한 일이었다. 그 부부 교사는 한 번 내 수업을 참관하더니 부끄러웠는지 두려웠는지 다시는 오지 않았다. 나는 다른 교사의 수업을 두 번 참관했다. 한 번은 선택 과목인 종교 수업이었다. 나는 수업을 듣는 세 학생 중 한 명이었다. 담당 신부는 기독교적

이웃 사랑과는 영영 거리가 멀었다. 다른 한 번은 물론 그녀의 수업이었다. 그녀가 교무실에서 나를 한 번도 쳐다보지 않는데다, 내가 밤마다 그녀의 꿈을 꾸었기 때문이다. 나는 사춘기가 지난 뒤로 전혀 꿈을 꾸지 않았다. 그녀의 수업을 참관한 또다른 이유는 그녀가 아주 환상적으로 가르친다고 리사 딘디아가 말했기 때문이다.

그 말은 사실이었다. 나는 교실 뒷자리에서 침을 흘리고 있는 한 학생 옆에 앉았다. 그 학생은 어쩔 줄 몰라했고, 그녀는 나의 참관을 못 본 척했다. 내가 수업에 참관해도 괜찮겠느냐고 묻자 그녀는 이렇게 말했다. "막지는 않겠어요. 그리고 혹시 선생님에게 도움이 될지도 모르죠. 죽음에 대해 설명하려고요." 그녀의 설명은 그렇게 과학적이기를 바랐던 사람치고 정확하지 못했다. 그건 죽음이라기보다 죽음 뒤에 오는 변형에 대한 설명이었다. 동일한 내용은 아니었지만 나는 변형에 대해 많이 알고 있었다. 내가 학생으로 수업을 받은 건 아주 오래전이었다. 학생의 입장이 되고 보니 교사라는 게 얼마나 특수한 직업인지 새삼 깨달았다. 이십여 명은 앉아 있고 서 있는 사람은 한 명뿐이다. 선 사람의 지식이 나머지 앉아 있는 모든 사람들의 빈 뇌 속에 전달되어야 한다.

교실 안을 왔다갔다하면서 깃발처럼 흔들리는 붉은 머리카락이 그녀와 잘 어울렸다. 그러나 오래지 않아 칠판 앞에 스크린이 내걸리고 교실 창문에 점잖은 베이지색 커튼이 쳐지면서 그녀의 모습을 즐길 수 없게 됐다. "뮈서르트 선생님, 운이 좋으시네요. 첫 수업에서 영화를 보게 되니 말이에요"라고 그녀가 말했다. 교실 안이 야유하는 소리로 소란스러워졌다.

"소크라테스 선생님, 얌전히 계세요"라고 누군가 어둠 속에서 말했다. 그리고 조용해졌다. 화면에 죽은 쥐 한 마리가 나타났다. 별로 크지 않은 쥐는 거의 죽은 상태였다. 입이 약간 벌어져 있고, 수염에 피가 묻어 있으며, 반쯤 뜬 눈에서 광채를 발했다. 약간 위쪽을 향해 꼬부라진 몸뚱이가 꼼짝 않고 있는 모습으로 보아, 쥐는 죽음을 피할 수 없으며 움직일 힘도 전혀 없는 것 같았다. 누군가 구역질 소리를 냈다.

"이 정도 가지고 뭘 그래." 그녀의 목소리였다. 짤막한 채찍질 같은 소리. 그 말이 떨어지자마자 교실 안이 다시 조용해졌다. 그리고 화면에 송장벌레가 나타났다. 나는 그 벌레를 몰랐으나 그녀가 말해서 알게 되었다. 불도롱뇽 색깔을 한 투구벌레류인 송장벌레. 이것도 그녀가 말해주었다. 흑단나무색과 짙은 황토색을 띤 귀족 같은 벌레가 보였다. 등딱지에 방패무늬가 있는 듯했다. 그녀는 그 벌레가 수놈이 아니라고 했다.

"이놈은 암놈이에요."

그럴 터였다. 그녀가 그렇게 말했으니까. 나도 그렇게 생각하려 했다. 그러나 누군가는 다르게 생각할 수도 있었다. "멋지게 생긴 놈이네요"라는 소리가 들렸기 때문이다. 아무도 웃지 않았다.

송장벌레가 죽은 쥐 둘레에 구덩이를 파기 시작했다. 이때 두 번째 벌레가 등장했지만 할 일은 많지 않았다.

물론 "수놈"이었다.

암놈이 시체를 밀기 시작했다. 시체가 매번 조금씩, 뻣뻣하게, 내키지 않는 듯 움직였다. 죽은 것들은 그게 무엇이든 방해받지 않고 계속 잠들어 있기를 바란다. 송장벌레는 쥐의 시체를 구부리려고 하는 것 같았다. 녀석은 조각가가 거대한 대리석덩어리를 끌로 다듬는 것처럼 굵고 단단해 보이는 검은빛 시체를 자꾸 들이받았다. 이따금 영상이 조금씩 건너뛰었는데, 그러면서 우리는 계속 보았다.

"여러분은 편집된 영상을 보고 있습니다. 실제로는 전 과정을 촬영했는데, 그걸 다 보려면 족히 여덟 시간은 걸린답니다."

편집본이라곤 해도 꽤 길었다. 쥐의 시체가 점점 둥글해졌다. 네 발이 서로 포개지고 머리가 부드러운 배 안으로 밀려서 파묻혀 사라져버렸다. 송장벌레는 털로 덮인 공 주위에서 죽음의 춤을 추었다.

"우리는 이것을 쥐고기 환丸이라 불러요."

쥐고기 환, 그 단어를 곱씹어보았다. 전에 들어본 적 없는 단어였다. 나는 늘 새로운 단어에 감사한다. 쥐고기로 만든 단단한 환, 그것이 구덩이 속으로 천천히 굴러들어갔다.

"이제 암놈은 수놈과 무덤 안에서 교미를 할 거예요."

누군가 어슴푸레한 어둠 속에서 입맛 다시는 소리를 냈다.

그녀는 불을 켜고 세번째 줄에 앉아 있는 덩치 큰 여드름투성이 남학생을 노려보았다.

"착각하지 마Doe niet zo schimmig." 그녀가 말했다.

스키머흐schimmig, 그녀는 이 단어에서만(!) ch를 북홀란트식 k로 발음했다. 불이 다시 꺼졌다. 그 순간, 그녀에 대해 품어왔던 내 모호한 감정이 갑자기 사랑으로 호명되는 느낌을 받았다. 착각하지 마. 송장벌레 두 마리가 명령이라도 받은 듯이 서로의 몸 위에 올라타려고 바둥댔다. 물론 명령이었다. 우리 인간은 원래의 목적에서 옆길로 빗나간 유일한 종種이다. 동물들은 매번 똑같이 곱사등처럼 굽은 어색한 몸짓을 한다. 더 이상한 건 대부분이 그 짓을 할 때 눕지 않는다는 것이다. 화면 속에서 한 놈이 다른 놈을 조금씩 끌어당기려 주위를 도는 모습이 산만한 춤을 추는 것 같았다. 그 모든 것이 쥐죽은듯 조용하게 진행되었다. 음악 없는 춤 속에서 탱크들이 충돌하면 시끄러운 소리가 날 터였다. 그러나 송장벌레는 귀가 없는 모양이다. 나는 그녀에게 물어본다는 걸 잊었다. 두 탱크가 서로 떨어졌다. 한 놈이 다른 놈을 쫓아다니기 시작했다. 이제 어느 놈이 어느 놈인지 전혀 알 수 없었다. 그녀는 알았다.

"지금 암놈이 수놈을 무덤 밖으로 내쫓는 거예요."

교실 안이 웅성거렸다. 여학생들이 날카로운 소리를 질러댔다. 그런 와중에 나는 음모자처럼 음흉한 그녀의 웃음소리를 들었고 모욕감을 느꼈다.

이제 암놈이 두번째 구덩이를 파기 시작했다. "산란실을 만드는 거예요." 또 새로운 단어였다. 이 여자는 내게 새로운 단어들을 가르쳐주었다. 틀림없었다, 나는 그녀를 사랑하고 있었다.

"이틀 후 암놈이 거기에 알을 낳을 거예요. 우선은 썩은 고기를 부드럽게 만들 겁니다."

송장벌레의 알. 나는 그때까지 벌레가 토하는 모습은 본 적이 없었지만 지금 그 모습을 보았다. 사랑하는 여자와 교실에 앉아 공상과학소설 속에서나 볼 법한 백 배로 확대된 송장벌레의 머리를 보았다. 그 송장벌레의 머리가 한 시간 전만 해도 죽은 쥐처럼 보였던 동그란 썩은 고기 환 위에 녹색 분비물을 토해냈다.

"이제 이빨로 갉아대며 썩은 고기 환에 구멍을 내고 있어요."

정말 그랬다. 굴착기이자 어미이자 산란자이자 애인인 엄마가 쥐고기 환을 한 점 뜯어내 씹은 다음 그것을 다시 자기 이빨로 쥐고기 환에 냈던 구멍 속에 토해냈다. "이제 먹이통을 만드는 중이에요." 썩은 고기 환, 산란실, 먹이통. 이틀 뒤 알을 낳고, 닷새 후 유충이 태어난다. 놀라운 시간의 가속이다. 아니다. 나는 시간이란 빨라질 수 없다는 걸 안다. 아니, 빨라질 수도 있는 걸까? 알은 색깔이 희고 반짝거리는 캡슐 같다. 유충은 밝은 상아색의 부드러운 줄무늬다. 어미 송장벌레가 물렁해진 쥐고기를 베어물자 유충들이 어미의 입안을 핥는다. 모든 것이 사랑과 관계가 있다. 유충들은 다섯 시간 뒤면 스스로 먹을 수 있고, 다음날이면 벌써 동그랗게 말려 있는 시체 속을 기어다닌다. 육신은 벌레에게 CAro DAta VERmibus.* 라틴어 학자들의 농담이다, 미안하다. 다시 불이 켜지고 커튼이 젖혀졌다. 정말로 눈이 부신 건 그녀의 머리카락이었다. 밖에는 햇살이 내리쬐고 밤나무 가지가 바람에 살랑거렸다. 봄이었다. 다만 교실 안에는 죽음의 개념이 스며들었다. 죽음과 짝짓기와 변신의 관계, 탐욕스러운 삶의 사슬. 학생들이 교실에서 빠져나가고 우리는 남아서 조금은 어색하게 마주 보고 있었다.

---

* 이 문장의 앞문자를 딴 'cadaver'는 '시신·사체'를 뜻한다.

"다음 시간에는 진드기와 구더기예요."

그녀는 내가 약간 충격을 받았다는 걸 안다는 듯 도전적으로 말했다. 내가 본 것들은 전부 어떤 방식으로든 분노와 관계가 있는 듯했다. 분노 또는 의지. 무언가를 깨물어 으스러뜨리는 턱, 앞을 보지 못하는 채 어미의 입에서 먹이를 핥아먹는 번들거리는 유충, 중세 마상 시합에서나 볼 법한 충돌하는 두 갑주, 적나라한 삶의 모습이었다.

"네버 엔딩 스토리군요." 내가 말했다. 기똥찼다, 소크라테스, 근래 보기 드문 재치였잖나?

그녀가 양볼을 잔뜩 부풀렸다. 무언가를 생각할 때면 늘 하던 버릇이었다.

"모르겠는데요. 언젠가는 끝나겠죠. 어쨌든 시작이 있었잖아요." 그녀는 인생의 무상함을 깨닫고 철학자를 시험해보려는 듯 도전적으로 말했다. 그러나 그렇게 쉽게 땅속에 묻힐 내가 아니었다.

"당신, 죽으면 화장하고 싶어요?" 내가 물었다. 누구에게나 할 수 있는 적절한 질문이다. 그 질문을 받는 사람의 육체는 어느 주어진 시점에 길가에서 처치되어야 할 폐기물로 전락한다. 이런 이야기는 에로틱한 상황에서 자극적인 효과를 낸다.

"왜요?" 그녀가 말했다.

"어느 법의학자한테 들었는데 화장은 고통스럽답니다."

"말도 안 돼요. 어쩌면 국부적으로 감각이 있을지도 모르겠네요."

"국부적으로요?"

"왜 성냥불을 켤 때 보면 성냥개비가 오그라들잖아요. 물질 내에서 부분적으로 극도의 긴장을 일으키니까요."

"네팔의 어느 강가에서 사람들이 공공연히 시신을 화장하는 걸 본 적 있어요." 거짓말이었다. 책에서 읽었을 뿐이다. 다만 화장용 장작더미는 보았다.

"오, 그래요, 어떤 일이 있었나요?"

"두개골이 퍽 하고 터져버리더군요. 엄청 큰 소리였어요. 커다란 밤을 구울 때 터지는 소리하고 비슷했어요."

그녀는 웃지 않을 수 없었다. 그러다 갑자기 얼굴이 굳어졌다. 창밖의 운동장에서, 지금도 운동장이라고 부르는지 모르겠지만, 아런트 헤르프스트와 리사 딘디아가 운동복 차림으로 걸어가고 있었다. 둘이 걸어가는 건 정당한 행위였다. 그가 학교 코프볼팀의 코치였으니까. 아런트 헤르프스트는 자기 일에 최선을 다하는 모습이었다. 시인이 끊임없이 히죽거리는 모습은 방금 보았던 유충 한 마리를 연상시켰다.

"저 여학생은 선생님 수업을 듣나요?"

"그래요."

"저 여학생 어때요?"

"내 노후의 기쁨이죠." 나는 삼십대 후반이었다. 결코 풍자로
한 말은 아니었다. 우리 둘 다 아런트 헤르프스트에게는 눈길도
주지 않았다. 우리는 그의 옆에서 걸어가는 여학생이 창밖의 공
간을 어떻게 변화시키는지, 그리고 그녀가 계속 이동함에 따라
운동장의 중심이 어떻게 바뀌어가는지 바라보았다.

"선생님도 벌써 저애한테 빠졌나요?" 조롱하는 투가 역력했다.

"아닙니다." 사실이었다. 그게 사실이라는 걸 나는 이미 설명
했다.

"선생님 다음 수업에 참관해도 돼요?"

"별로 얻을 게 없을 텐데요."

"그건 내가 판단할 일이에요."

나는 그녀를 쳐다보았다. 치렁치렁한 커튼 같은 붉은 머리카
락에 가려진 푸른 눈. 은하수 같은 얼굴의 주근깨.

"오비디우스 수업 시간에 오세요. 변신하는 무언가가 있을 겁
니다. 쥐가 썩은 고기 환으로 바뀌는 건 아니지만······"

그날 오후에 뭘 읽을까? 파에톤, 불로 멸망하는 지구의 반쪽?
어둠의 하계? 그녀가 내 수업에 어떤 모습으로 앉아 있으려나 상
상해보려 했지만 잘되지 않았다.

"그럼 그때 봐요." 그녀는 그렇게 말하고 가버렸다. 나중에 교무실에 들어갔을 때, 그녀가 남편과 유쾌하지 않은 대화를 나누고 있는 걸 보았다. 아런트 헤르프스트가 끊임없이 지어내는 미소는 비웃음으로 바뀌어 있었다. 나는 처음으로 그녀의 연약한 모습을 보았다.

"심각한 얘기를 하려면 운동복은 벗어야죠." 그에게 이렇게 말하고 싶었다. 그러나 나는 속마음을 절대 말하지 않는 성격이다.

삶이란 계속 채워지는 인분통이고 우리는 죽을 때까지 그것을 끌고 가야 한다. 성 아우구스티누스가 한 말 같은데 유감스럽게도 라틴어 원본을 읽어본 적은 없다. 그가 한 말이 아니라면 장자크 루소의 『고백록』에 나오는 말일 것이다. 나는 벌써 오래전에 그녀를 잊었어야 했다, 너무 오래된 일이니까. 슬픔이란 기억이 아니라 얼굴에 새겨진다. 더욱이 슬퍼한다는 건 구시대적이다. 요즘에는 슬픔에 대해 거의 얘기하지 않는다. 부르주아들도 마찬가지다. 나는 이십 년 동안 슬픔이란 걸 느껴본 적이 없다. 여기 언덕 위의 공원은 시원하다. 나는 흰 공작새를 따라 이 공원에 왔다(흰 색깔을 한 모든 동물을 지칭하는 특별한 단어는 없는데 왜 말馬에만 그런 단어가 있는 것일까?). 마치 내 삶의 여정이 공작새를 따라온 것 같았다. 지금은 성벽 위에 앉아 시내 전경과 강과 그 너머 바다를 바라보고 있다. 서양협죽도, 플루메리아, 월계수, 커다란 느릅나무. 한 여자아이가 옆에서 무언가를 쓰고 있다. 이별이라는 단어가 내 주위에서 맴도는데 그 말을 도통 붙잡을 수 없다. 이 도시 전체가 이별이다. 유럽의 가장자리, 구세계의 마지막 해안, 침식된 대륙이 서서히 바닷속으로 가라앉고 흘러가 끝없는 안개로 변하는 곳이다. 요즘에는 바다가 안개처럼 보인다. 이곳은 현재에 속하는 도시가 아니다. 이 도시에서 현재는 과거다. 이곳의 현재 모습은 과거의 것이기 때문이다. 진부한 현재는 아직 오지 않았다. 리스본은 주춤거리고 있다. 그렇다. 리스본은 자신과의 이별을 미루고 있다. 여기는 유럽이 스스로와 이별하는 곳이다. 늘어지듯 느릿한 템포의 노래, 서서히 진행되는 쇠락, 눈부신 아름다움, 기억, 변신의 연기延期. 이중에서 스트라보 박사의 여행안내서에 들어갈 것은 하나도 없다. 나는 바보 여행객들을 파두* 클럽으로 보내 향수라는 음식을 곱씹도록 할 것이다. 나는 스스로를 슬라우에르호프와 페소아로 생각하고 있다. 나는 그들을 언급만 한다. 그리고 여행객들을 모라리아**나 카페

---

* 포르투갈 전통음악.
** 파두의 발상지.

브라질레이라*로 보내 커피를 마시게 한다. 그 이상은 말하지 않겠다. 정신이 오락가락하는 알코올중독 시인인 나, 우울한 눈빛을 발하며 여전히 리스본 거리를 배회하는 변화무쌍한 나, 담뱃가게와 부두와 성벽, 그리고 서로를 의식하지 못한 채 슬라우에르호프와 마주쳤을지도 모를 어두침침한 카페에서 남의 눈에 띄지 않게 자리잡고 있던 나의 영혼의 변화에 대해 그들에게 말하지 않겠다. 불안정하고 변하기 쉬운 나, 그녀가 내 수업을 처음이자 마지막으로 참관한 뒤에 던진 화두다. 그녀는 나에 대해 아무것도 몰랐음이 틀림없다. 나 역시 그런 불안정하고 변하기 쉬운 나를 어떻게 설명할 수 없다. 나는 오비디우스의 『변신 이야기』 제2권의 Regia Solis erat sublimibus alta columnis……로 수업을 시작했다. 리사 딘디아가 맑고 큰 목소리로 문장을 번역했다. "태양의 궁전이 높은 기둥 위에 높이 솟아 있었다……" 나는 부사 '높이'보다 '우뚝'이 더 좋겠다고 말했다. 형용사 '높은'에 어울리지 않으며 같은 단어를 두 번 쓰는 건 피해야 한다고 말이다. 그녀는 떨어져나갈 듯 입술을 깨물고 다시 번역했다. "태양의 궁전이 높은 기둥 위에 우뚝 솟아 있었다……" 이 멍청한 소크라테스, 그들의 관계를 전혀 모르고 있던 유일한 사람이

---

* 리스본의 가장 오래된 카페. 카페 앞에 작가 페소아의 동상이 있다.

나 자신이었음을 뒤늦게 깨달았다. 리사는 마리아가 그들의 관계를 안다는 걸 알고 있었다. 마리아도 자신이 알고 있다는 사실을 리사가 안다는 걸 알았다. 그런 상황에서 나는 신들의 세계, 반신반인 트리톤, 자유자재로 변신하는 바다의 신 프로테우스, 그리고 아버지 태양신의 맹렬한 빛을 피해 태양신의 궁전으로 향하는 가파른 언덕을 기어오르는 파에톤에 대해 열변을 토하고 있었다. 내가 선 바로 앞의 좌석들에서 삼류 드라마가 펼쳐지고 있다는 것도 모른 채 큰 소리로 파에톤의 비참한 운명에 대해 얘기했다. 유감스러웠냐고? 천만에! 정말? 어떤 바보라도 리사 딘디아의 눈에서 두려움을 발견했을 것이다. 물론 나는 지금도 알수 있다. 총 맞은 사슴 같은 그녀의 눈, 평소에도 맑지만 다른 때보다 유독 맑고 부드러운 그녀의 목소리를. 나는 그녀의 눈 뒤에있는 다른 눈들을 보았고, 그 눈들에게 아버지의 태양마차를 타고 대지의 길을 이탈하려 했던 아들에 대한 이야기를 했다. 물론그 끝은 비운으로 예정되어 있었다. 아폴로 신의 어리석은 아들은 태양마차와 불을 내뿜는 말들과 함께 산산조각이 날 터였다. 나는 흰옷을 입고 춤추는 더비시*처럼 이리저리 펄쩍 뛰고 있었다. 내가 가장 잘하는 행동이다. 여명의 여신 아우로라가 자줏빛

---

* 신비주의를 추구하는 이슬람교 수피파의 안무의식.

대문을 활짝 열고 보석으로 치장한 멍에를 메운 말을 탄 운명자를 맞았다. 무서운 속도로 질주한 헬리오스의 비운의 후손. 그는 6보격 운율 속에서 수백만 번의 불운을 맞았다. 그러나 나는 그때 눈앞에서 펼쳐지던 텔레비전 드라마에 대해 알지 못했고, 그 드라마에서 내가 맡은 역할이 무엇인지도 전혀 몰랐다. 금은보석으로 장식된 번쩍이는 태양마차에 탄 사람은 나 자신이었다. 통제할 수 없는 4두마차를 몰고 하늘의 5대 영역으로 질주했다. 내 아버지 태양신은 뭐라고 말했던가? 너무 높이 날면 하늘에 불을 내고, 너무 낮게 날면 대지가 불바다가 된다고 하지 않았던가…… 그러나 고삐가 풀렸다. 히힝 울며 허공에서 허우적거리는 말이 나를 덮친다. 칼처럼 구름을 난도질하며 폭풍우를 일으키는 말발굽을 본다. 그러고는 일이 터지고 만다. 태양마차가 그 영원한 궤도를 이탈해 쏜살같이 곤두박질치고, 사방에서 빛이 쏟아지고, 말들이 허공을 발톱으로 할퀴고, 뜨거운 열기가 큰곰자리 곰의 가죽을 태워버린다. 어둠이 나를 아래로 끌어내리는 걸 느낀다. 그 느낌을 안다. 나는 나락으로 떨어질 것이다. 대지며 산이며 모든 것이 뒤죽박죽되어 내 옆을 잽싸게 스쳐가고, 내가 발하는 불꽃이 숲을 태운다. 나를 향해 꼬리를 치켜세운 거대한 전갈이 뿜어내는 시커멓고 유독한 땀방울을 본다. 대지가 불타고 있다. 들판이 하얀 재로 변한다. 에트나화산이 내게 불덩어리를 되뱉어낸다. 산에서는 눈이 녹아내리고, 강물이 소용돌이 치며 범람한다. 나는 거역할 수 없는 세상을 운명 속으로 끌어들인다. 내 아래서 불타는 마차가 열기로 고통스러워하고, 바빌로니아의 유프라테스강이 불타고, 나일강이 칠흑 같은 어둠 속으로 사라져 없어지며 수원을 감춰버리고, 존재하는 모든 것이 비탄에 빠진다. 그러자 주피터가 내던진 무서운 번개창이 내 몸을 관통하고 그을려 생명의 마차 밖으로 내팽개친다. 말들은 고삐가 풀리고, 나는 불타는 유성처럼 땅 아래로 곤두박질쳐 거센 강물 속으로 떨어진다. 내 시신은 숯처럼 까맣게 타버려 물속에 잠긴 돌덩어리 같다…… 갑자기 교실 안이 조용해진 걸 느낀다. 학생들이 나를 처음 보듯 빤히 쳐다본다. 나는 어색함을 피하기 위해 그런 눈빛들과 그 푸른 눈을 피해 돌아선다. 그리고 학생들 앞에 놓인 교재에 쓰여 있지 않은 내용인 양 칠판 위에 다음과 같은 글귀를 쓴다.

HIC · SITUS · EST · PHAËTON · CURRUS ·
AURIGA PATERNI
QUEM · SI · NON TENUIT · MAGNIS ·
TAMEN · EXCIDIT · AUSIS

여기에 파에톤이 누워 있다.

그는 포이부스*의 태양마차를 몰았다.

그는 실패했으나 적어도 모험을 감행했다.

나의 네덜란드어 번역은 운율이 전혀 맞지 않았다. 그리고 물의 요정들이 내 시신(아니, 그의 시신!)을 묻었다는 부분도 빠뜨렸다. 하늘만이 알 것이다.

종이 울리자 학생들이 평소보다 빠르게 교실을 빠져나갔다. 마리아 세인스트라가 다가와서 물었다. "항상 그렇게 흥분하세요?"

"미안합니다." 내가 말했다.

"아니에요, 엄청 좋았어요. 환상적인 이야기군요, 몰랐네요. 오늘 처음 들어요. 그게 끝인가요, 아니면 계속되나요?"

나는 오빠의 죽음을 슬퍼하다 포플러나무로 변한 파에톤의 누이인 헬리아데스 자매에 대해 얘기해주었다. "당신의 쥐가 유충으로 변했다가 송장벌레가 되는 것과 마찬가지죠."

"에둘러 말하자면 그럴 수도 있겠죠, 그러나 똑같진 않아요."

나는 그녀에게 얘기해주고 싶었다. 자매가 나무로 변하는 걸

---

* 아폴로의 별칭.

오비디우스가 얼마나 훌륭히 묘사했는지, 그리고 어머니가 마지막으로 두 딸을 포옹하고 입맞추기 위해 나무에서 껍질과 가지를 뜯어내자 가지에서 피가 흘러나온 장면을. 여자, 나무, 피, 호박琥珀. 할 얘기는 많았으나 너무 복잡했다.

"내 모든 변화는 당신의 변화에 비견되는 것입니다."

"내 변화요?"

"뭐랄까, 단지 신들이 등장하지 않을 뿐 본질에서 같다는 겁니다. 누구도 우리를 대신해서 변할 순 없습니다. 우리 스스로 변하는 겁니다."

"뭐라고요?"

"변화한다는 말입니다."

"우리가 죽으면 그렇죠, 하지만 그후에는 송장벌레의 도움이 필요해요."

"우리의 시신을 동그랗게 마는 일은 아주 힘들 것 같습니다. 꽤 큰 덩어리의 썩은 고기 환이 되겠죠. 핑크색 환." 내 경우를 생각해보았다. 작은 손들이 안쪽으로 접히고 사유하는 머리가 배에 파묻히는 모습을.

그녀가 웃었다. "그 일에는 다른 요원들도 있죠. 구더기, 땅벌레 말이에요. 나름대로 아주 상당한 일을 하죠." 그녀가 말을 멈췄다. 문득 그녀가 열네 살쯤 된 소녀로 보였다.

"우리가 죽은 뒤에도 계속 존재한다고 믿나요?"

"안 믿습니다." 나는 사실대로 말했다. 우리가 존재한다는 것조차 확신할 수 없다고 말하고 싶었다. 그리고 그렇게 말해버렸다.

"오, 말도 안 돼요." 강한 북홀란트 말투였다. 갑자기 그녀가 내 옷소매를 잡았다.

"한잔하러 갈래요?" 그러고는 예고 없이 손가락으로 내 가슴을 쿡 찌르며 말했다. "그럼 이건요? 이건 존재하지 않나요?"

"이것은 내 몸입니다." 현학적인 소리처럼 들렸다.

"그래요, 예수그리스도도 그렇게 말했죠. 그럼 적어도 존재한다는 건 인정하는 거죠?"

"그렇습니다."

"그럼 이걸 뭐라고 부르나요? '나를' '나는', 뭐 그렇게 부르나요?"

"그럼 당신은 십 년 전과 같습니까? 아니면 오십 년 후에도 똑같을까요?"

"그때쯤이면 난 더는 존재하지 않기를 바라지만, 당신은 우리가 존재한다는 게 정확히 뭐라고 생각하나요?"

"끊임없이 변하는 환경과 기능의 복합체인 거죠. 우리는 그것들을 '나'라고 부릅니다. 달리 더 좋게 말할 순 없겠네요. 우리는 그것들이 변하지 않는다고 생각하지만 실은 없어질 때까지 끊임없이 변합니다. 하지만 우리는 그것들을 '나'라고 부르죠. 소위 몸의 소명인 겁니다."

"놀랍네요."

"아니, 난 그렇게 생각합니다. 어느 정도 우연성을 지닌 육체 혹은 이런 기능의 복합체는 살아 있는 동안 나여야 하는 임무를 갖습니다. 그 임무는 분명히 일종의 소명이죠. 때로는 그렇지 않을 수도 있겠지만."

"당신 약간 흥분한 것 같아요. 하지만 말을 잘하시네요. 이제 한잔하고 싶어요."

그녀는 나를 별난 사람으로 생각했다. 하지만 벼락 맞아 불에 타서 숯덩이가 된 파에톤 이야기가 그녀에게 깊은 인상을 주었다. 그녀는 복수를 해야 했고, 나는 확실하게 그녀를 도울 준비가 되어 있었다. 그리스 희곡이 대단한 건 이런 심리적 넌센스가 관여되지 않기 때문이다. 그녀에게 그 말을 해주고 싶었지만 대화라는 건 대부분 입 밖에 내지 않는 것들로 이뤄져 있다. 우리는 신화시대의 후손들이다. 신화적 삶이 아닌 심리적 삶을 산다. 그리고 우리는 모든 사물의 이치를 알고 있으면서 늘 자신만의 목소리를 내는 단성 합창단원이다.

"그 사건의 모든 내막을 볼 때 제일 못마땅한 점은 너무 진부하다는 거예요." 그녀가 말한 건 물론 아런트 헤르프스트와 리사 딘디아의 관계였다. 나는 그녀의 말이 맞는지 확실히 단정할 수 없었다. 그 사건에서 최악의 요소는 당연히 리사의 신비로움이었다. 그 밖의 다른 요소, 즉 젊다든지, 아름답다든지, 학생이라든지, 교사라든지 하는 것들은 전부 진부했다. 신비로움은 그 학생이 가진 힘에 있었다.

"내 말 이해할 수 있죠?"

그랬다, 아주 잘 이해했다. 이해할 수 없었던 점은 말하지 않았다. 리사 딘디아가 하필이면 왜 그런 바보 중의 바보를 택했느냐는 것이었다. 그 문제에 대해 플라톤이 일찍이 진언을 했다. "사랑은 사랑받는 자에게 있지 않고 사랑하는 자에게 있다." 그와의 사랑은 리사의 삶의 일부가 될 것이고, 그건 실수였지만 그녀에게 그럴 권리가 있었다. 플라톤의 진언은 내게 맞는 말이었다. 난생처음으로 사랑 같아 보이는 것 근처에 가보았기 때문이다. 마리아 세인스트라는 자유분방한 축에 속했기에 리사의 자유를 당연한 것으로 여겼다. 그녀는 모든 일에 거침이 없었다. 나는 처음으로 네덜란드인 혹은 보통 사람과 어떤 관계를 맺은 것 같았다. 그러나 그런 말을 입 밖에 낼 순 없다.

그녀는 네 벽면이 사천 권의 책으로 둘러싸인 내 서재에서 춤을 추다 멈춰 선 자세로 이렇게 말했다. "나도 책을 좀 읽어서 교양이 있다 할 수 있는데 이건 너무하네요. 여기서 혼자 살아요?"

"플레이르마위스하고 살아요." 내가 키우는 고양이였다. "하지만 녀석을 볼 순 없을 겁니다. 아주 수줍음을 많이 타요." 그로부터 오 분 후, 그녀는 플레이르마위스와 함께 소파에 누워 있었다. 녀석은 그녀의 몸 위에서 코를 골았다. 그녀의 붉은 머리카락에 마지막 햇살이 비쳐 또다른 붉은 머리카락이 되었다. 뒤엉킨 두 몸뚱이, 고양이가 가르랑거리는 소리, 그녀가 중얼거리는 소리. 나는 그들 사이에 끼어드는 게 허용될 때까지 기다리며 책장의 일부인 양 그들 옆에 서 있었다. 지금까지 내 교류 범위는 책을 좋아하고 학구적이며 세속적이 아닌 영적인 여자들이었다. 그중에는 수줍음을 많이 타는 여자도 있었고 꽤 까칠한 여자도 있었는데, 모두 내 부족한 점을 잘 지적할 수 있는 여자들이었다. 내가 자주 듣던 말은 "무엇이든 아는 체하는 사람", "당신은 내가 여기에 있는지조차 모르는 듯해요" 같은 불평이었다. 그리고 "당신, 지금 또 책을 읽어야 해요?" "당신은 다른 사람을 배려해본 적이 있어요?" 같은 소리였다. 사실 나는 남을 배려했지만 남들이 나를 배려하지 않았다. 게다가 나는 곧바로 읽던 책을 다시 읽어야 했다. 대부분의 사람들과 함께 있을 때 일단 의례적인 말들을 나누고 나면 나로서는 더이상 할말이 없기 때문이었다. 그러다 보니 나는 소위 '사람 내쫓기'의 달인이 되었고, 그 결과 내 교제 범위가 나와 같은 생각을 하는 여성들로 제한되었다. 차茶, 공감, 화제의 빈곤, 그리고 그다음 순서는 책장 넘기기였다. 그러나 송장벌레와 산란실에 대해 꿰뚫고 있고 늘 투덜대기만 하는 붉은 머리의 여자는 달랐다. 고양이를 데리고 소파 위에 누워 배와 가슴을 출렁이며 뭐라고 중얼거리면서 푸른 눈에 웃음을 띠고 있는 그녀가 팔을 뻗어 나를 끌어당기고 안경을 벗겼다. 안경을 벗어 흐린 내 시야에 보인 색조가 변했던 것으로 보아 그녀는 분명 옷을 벗고 있었고 전혀 이해할 수 없는 말을 했다. 심지어 그날 저녁에 나 역시 그런 상황에서 보통 사람들이 흔히 하는 말을 했던 것 같다. 모든 것이 계속해서 변화했고, 그 변화가 일종의 행복감이었음을 나는 아직도 확실히 안다. 그 일이 끝나고 나자 나는 영국해협을 헤엄쳐 건넌 것만 같았다. 나는 안경을 찾아 쓰고 그녀가 손을 흔들며 떠나가는 모습을 보았다. 플레이르마위스가 마치 처음으로 할말이 있다는 듯 나를 쳐다보았다. 나는 칼바도스 브랜디 반병을 비웠고 아래층 사람이 벽을 쿵쿵 두드릴 때까지 몬테베르디의 〈율리시스의 귀환〉을 크게 불렀다. 기억 가운데서 욕정에 관한 것이 가장 희미하고 쉽게 사라진다. 욕정은 생각으로만 존재하다 곧 사라져버리는 자기부정을 하기 때문에 생각할 가치가 없다. 그날 저녁, 문득 나 자신을 보았다. 한 공간 안에 홀로 있는 남자, 옆에 있는 다른 공간 속 보이지 않는 이들에 둘러싸인 남자, 그리고 실제 혹은 가상 인물들의 같으면서 다양한 감정들이 묘사된 수만 페이지 책들에 둘러싸인 남자. 나는 감동했다. 내가 그런 것을 결코 쓰진 않을 테지만, 지나간 시간들 속에서 느꼈던 감정들은 더이상 빼앗길 수 없었다. 그녀는 내 앞에서 닫혀 있던 세계를 보여주었다. 나는 여전히 그 세계의 밖에 있었지만 적어도 보기는 했다. 보았다기보다 소리를 들었다. 그녀는 내가 들어본 적이 없는 다른 세상의 소리를 냈다. 어린아이가 칭얼대는 소리였고, 동시에 뭐라고 형용할 수 없는 고통의 소리였다. 그런 소리가 나는 곳에서는 살 수 없을 것이다.

내 기억 속의 저녁, 리스본에서의 저녁. 도시에 불빛이 켜졌고, 내 눈빛은 거리 위를 배회하며 날아다니는 한 마리 새와 같았다. 시가가 내려다보이는 그곳은 서늘했고, 정원에서 떠들던 아이들의 목소리가 사라졌고, 나는 서로 달라붙은 채 느릿느릿 움직이는 한 쌍의 동상 같은 연인들의 어두운 그림자를 보았다. 나는 이그니스 무타트 레스* 하고 중얼거려보았다. 그러나 어떤 불도 나를 이루고 있는 물질을 변화시킬 수 없었다. 나는 이미

---

* 불은 물질을 변화시킨다(Ignis mutat res) — 원주.

변해 있었기 때문이다. 주변은 여전히 녹아내리며 불타고 있었다. 거기에 머리가 두 개 달린 다른 존재들이 나타났다. 그러나 나는 붉은 머리카락을 한 다른 머리를 오래전에 잃어버린 상태였다. 내 반쪽인 여자가 떨어져나가버렸고, 나는 타다 남은 잉걸불이자 잔존물에 불과했다. 의도적이든 아니든 내가 이곳 여행에서 한 일은, 중세의 경건한 순례자처럼 나의 짧고 성스러웠던 삶의 장소들, 그리고 과거의 흔적이 남아 있는 십사처*를 전부 방문하는 것이었다. 발밑에 내려다보이는 불빛들처럼 강가에 이를 때까지 내려가야 했다. 그 아래로 드넓고 비밀스러운 검은 강물이 펼쳐졌다. 어른거리는 불빛, 흑판에 쓰인 글씨 같은 빛의 문자들이 강물 위에 흔적을 남기고 있었다. 그녀는 도착과 이별로 북적이던 작은 여객선을 다시 한번 타고 싶어했다. 우리는 도시가 아스라이 사라져가는 모습을 바라보았고, 다시 강 건너의 언덕과 부두를 바라보았다. 오직 우리만 강에 속해 있는 듯했다. 노동자들 틈에 끼여 있는, 현실세계에 속하지 않은 두 명의 한가한 바보. 우리는 칼처럼 강물을 찔러대는 햇빛과 그녀의 옷자락을 잡아당기는 바람에 맡겨진 사람들이었다. 이 여행은 그녀의 아이디어였고, 그녀가 나를 끌어들인 거였다. 함께 여행할 계획

---

* 성당 내벽 및 부지에 예수의 수난을 조각 또는 회화로 형상화한 열네 자리.

은 없었다. 그녀가 코임브라에서 열리는 생물학 학술대회에 참석했다가 리스본에서 며칠 보낼 생각이라고 해서 내가 그녀를 보러 그곳으로 간 것이었다.

"남편은요?"

"코프볼 시합에 나갔어요."

나는 아이스킬로스 덕분에 복수란 것이 무엇인지 알았지만 코프볼에 대해서는 아는 게 없다. 그녀와 함께하려면 운동복 차림인 시인의 어두운 그림자를 참아내야 했다. 그러나 한번 사랑에 빠진 사람은 아무것도 가리지 않고 먹고 마시는 법이다. 그게 엉겅퀴 요리든 식초가 가득한 병이든. 첫날 저녁에 나는 그녀를 미세리코르디아가에 있는 타바레스 레스토랑으로 데려갔다. 식당에는 금 테두리로 장식된 수많은 거울들이 붙어 있었다. 오늘밤 또다시 그곳에 가는 건 자기학대를 즐기기 위해서가 아니다. 확인하고 싶어서다. 나 자신을 보고 싶다. 한번 생각해보자. 그 식당 거울의 숲에 비친 내 모습을. 거울은 나를 뒤로 점점 더 멀리 내던진다. 수많은 내 안경알들 속에서 반짝이는 샹들리에 불빛. 수많은 웨이터들에게 둘러싸여 테이블로 안내된다. 수십 개의 손이 수십 개의 촛불을 켜고, 나는 열두 개의 메뉴와 열다섯 개의 술잔을 받는다. 마침내 그들이 모두 물러간 뒤 홀로 앉아 있는 나를 본다. 수십 개로 보이는 나, 자유로이 방향이 바뀌는 나,

혐오스러운 뒷모습, 실망스러운 옆모습, 내가 들고 있는 하나의 잔과 내 무수한 팔에 와닿는 내 무수한 팔들. 그러나 그녀는 거기에 없다. 거울은 무용지물이다. 아무것도 단단히 붙들어놓을 수 없다. 산 것도 죽은 것도. 거울은 역겨운 술잔들에 봉사하는 존재이고, 끊임없이 위증하는 존재다.

그녀는 그런 분위기에 흥분했다. 고개를 이리저리 기울이며 다양한 눈빛으로 거울을 쳐다보면서 여자들만 할 수 있는 몸짓을 하며 자신의 몸매를 평가했다. 남들이 자신의 몸을 보고 있기라도 한 것처럼. 그날 저녁에 나는 그 붉은 머리카락 여인들과 잠을 잘 터였다. 이리저리 움직이는 웨이터들의 검은 유니폼 위에 점점이 찍혀 멀리 밀려나 있는 듯한 여인들과도 잘 참이었다. 나는 점점 작아졌다. 그녀가 내 손 위에 자신의 손을 얹자 모든 손들이 그녀의 모습 위로 어른거려 그녀의 표정이 보이지 않았다. 내 키는 줄어들고 그녀의 키는 커졌다. 그녀가 손님들과 웨이터들의 시선을 빨아들였다. 그녀는 그때처럼 큰 존재감을 가져본 적이 없었다. 그녀의 모습이 거울을 꽉 채우고 있었다. 나는 지금도 그 거울 위에서 그녀를 찾고 있지만 그녀는 거기에 없다. 그녀는 나를 쳐다보고 있는 남자의 번들거리는 이마 뒤 기억장치 어딘가에 저장되어 있다. 말하고 웃고 먹고 웨이터들과 시시덕거리는 여자. 눈부시게 하얀 이로 고기인 양 포트와인 잔을 물고 있는 여자. 나는 그 여자를 안다. 나중에는 낯선 여자가 되겠지만 지금은 아니다. 그날 저녁에 우리는 함께 걸었다. 이십년이 지났으나 표지판을 전혀 보지 않고도 쉽게 다시 그 길을 찾아갔다. 나는 욕망의 궤도를 따라간다. 코메르시우광장의 그 괴상한 건물로 가고 싶었다. 광장에는 바다와 나머지 세계로 나가는 대문처럼 잔잔한 물결 위로 두 개의 기둥이 솟아 있다. 기둥에는 독재자의 이름이 새겨져 있지만, 독재자는 그의 시대착오적인 제국과 함께 사라져버리고 없다. 강물만이 그 기둥들을 서서히 부식시키고 있다. 여러분은 내 이야기의 시제를 이해하는가? 전부 과거시제다. 나는 잠시 도망쳐나왔을 뿐이다. 미안하다. 나는 다시 여기에 있다. 과거에 과거를 생각하는 미완료성, 과거미완료에 과거완료를 생각하는 미완료성. 현재시제는 잘못 쓴 것이었다. 현재시제는 오직 지금, 당신에게만 적용된다. 비록 당신의 이름은 없지만. 결국 우리는 여기에 있다. 둘 다 아직도 여기에 있으니 현재시제다.

　나는 그녀와 앉았던 곳에 앉아 기억을 불러냈지만, 그녀는 오지 않았다. 내게 떠올랐던 건 그녀의 머리카락 색깔로, 딱히 하나로 단정지을 수 없는 단어들뿐이었다. 주홍색, 밤색, 진홍색, 장미처럼 빨간색, 녹바랜 색. 그중 어느 것도 그녀의 머리카락 색깔이 아니었다. 그녀의 머리카락을 더이상 볼 수 없게 되니 나는 그게 붉은색이라는 것도 잊어버렸다. 다만 그 이별의 장소에서 마치 오피시움*처럼 조서를 꾸미듯 그녀의 외모만이라도 확정지을 수 있는 무언가를 계속 찾았다. 그러나 아무리 애써도 옆자리는 여전히 비어 있었다. 가렛트가의 카페 브라질레이라 앞 페소아 동상 옆의 의자가 비어 있듯이. 적어도 페소아의 외로움은 그가 자초한 것이었다. 누군가 그의 옆에 있었다면 그의 다른 세 자아 중 하나인 그 자신이었을 것이다. 검은 가죽커버와 구리단추가 달린 등받이 높은 의자들, 동자이음어**처럼 수시로 변형되는 거울들, 성벽 위로 하늘 높이 솟아 있는 그리스 신전들, 그리고 A. ROMERO라 쓰인 육중한 시계가 걸린 작은 홀에 앉아 그와 함께 말없이 흰 찻잔에 담긴 검고 달콤한 액체를 마시는 손님인 양 시간의 잔을 마시는 사람들 중 하나였을 것이다.

나는 그날 저녁에 우리가 무슨 얘기를 나누었는지 기억하려 애썼다. 내 기억이 맞다면 우리는 아무런 얘기를 하지 않았다. 지금 내가 앉아 있는 똑같은 곳에서 똑같은 사람들 사이에 앉아 있었다. 졸고 있는 복권 판매상, 강가에 앉아 작은 소리로 얘기를 나누는 선원들, 작은 라디오를 끼고 음악을 듣는 외로운 남

---

* 중세 유럽 가톨릭의 종교재판.
** 철자는 같지만 음과 뜻이 다른 단어.

자, 비밀을 공유하는 젊은 두 여자. 생각나지 않았다. 이날 저녁
에는 그 말들이 떠오르지 않았다. 그 말들은 지구 어디에선가 떠
돌았다. 다른 입들이, 다른 문장들이 그 말들을 훔쳐갔다. 그 말
들은 거짓말과 신문 보도와 편지들의 일부가 되었다. 혹은 지구
반대편 어느 해변에 놓였다가 조류에 휩쓸려 사라져 이해할 수
없어졌다.

　나는 일어나 손가락으로 더듬어보았다. 기둥에 새겨져 이제는
거의 닳아 없어져버린, 결코 끝나지 않을 제국에 대한 비문을.
어둠 속에서 강물이 밀려나갔다. 잠든 시체처럼 도시를 남겨두
었다. 내가 들어가야 할 조가비 같은 도시를. 내 숙소는 다름 아
닌 북쪽 도시에 있는 곳 같았다. 프런트의 야간 근무자가 나를
어제도 그저께도 본 것처럼 인사했다. 그러고선 필요한 것이 있
는지 묻지도 않고 방 열쇠를 건네주었다. 나는 방의 불을 켜지
않았다. 눈먼 사람처럼 모든 걸 더듬거리며 만져보았다. 거울에
비친 내 모습을 보고 싶지 않았다. 더이상 책도 읽고 싶지 않았
다. 단어들에 진절머리가 났다. 얼마나 오랫동안 잤는지 모르겠
다. 다만 어떤 형용할 수 없는 힘이 나를 끌어당기는 것 같았다.
파도에 휩쓸려가는 것만 같았다. 나처럼 수영에 미숙한 사람은
대처할 수 없는 파도였다. 모든 것을 집어삼킬 듯한 거대한 파도
가 삭막한 바닷가에 나를 내동댕이치는 느낌이었다. 나는 그곳

에 꼼짝 않고 누워 있었고 얼굴에는 눈물이 흘러내렸다. 그 눈물 속에서 암스테르담의 침대에 누워 있는 나를 보았다. 나는 계속 잤다. 이리저리 뒤척이며 눈물을 흘렸다. 왼손에는 NRC 신문에서 오려낸 사진이 쥐어져 있었다. 항상 침대 곁에 놓여 있는 빨간색 일본제 자명종을 쳐다보았다. 시간이 멈춘 곳의 시간은 몇 시일까? 내가 잠자리에 들었을 때보다 늦은 시각은 아니었다. 내 발밑의 어두운 물체는 플레이르마위스 다음에 데리고 있던 나흐트아윌임이 틀림없었다. 나는 암스테르담에 있는 그 남자가 잠에서 깨어나고 싶어한다는 걸 알았다. 그는 누군가와 몸싸움을 하듯 움직이며 오른손으로 안경을 찾았다. 그러나 불을 켠 사람은 암스테르담의 그가 아니라 여기 리스본에 있는 나였다.

HET VOLGENDE
VERHAAL

이것이, 내가 믿는, 그것이다.
육체적 죽음의 거친 고통이 아니라,
존재의 한 상태에서 다른 상태로 옮겨가는 데 필요한
신비로운 정신적 행위의 비할 데 없는 고통이다.
그 고통은 쉽게 찾아온단다, 알겠니, 아들아.

블라디미르 나보코프,
『투명한 것들』

II

서른 명의 학생을 가르치는 일에 익숙한 사람은 수업 분위기가 어떤지 빠르게 살피는 법을 터득해 알고 있을 것이다. 남자아이 한 명, 노인 두 명, 내 또래 두 명. 옆으로 비켜서 있던 뱃머리 조각상 같은 얼굴의 여자는 나이를 가늠하기가 어려웠다. 아마 첫인상이 가장 정확할 것이다. 뱃머리 조각상. 강 한가운데에는 더 큰 배로 우리를 데려다줄 작은 배가 정박해 있었다. 그녀가 작은 배를 향해 손을 흔들었다. 아직 이른 시간이었다. 옅은 안개가 끼어 있어 배는 검정 베일로 씌워놓은 형상이었다. 가장 인상적이었던 건 남자아이의 진지한 표정이었다. 총신에 난 구멍 같은 두 눈. 그런 눈을 안다. 스페인의 메세타고원에서나 볼 수 있는 눈. 눈부신 햇빛 아래서 먼 곳을 바라보는 눈. 우리는 아직 말을 하지 않았다. 그리고 이내 서로 일행이 되었음을 알았다. 내 꿈들은 늘 현실과 닮았었다, 유쾌하지 못한 방식으로. 잠 속에서조차 꾸며낼 수 없다는 듯이. 그러나 지금은 그 반대였다. 이제 마침내 현실이 꿈과 닮아 보였다. 꿈은 폐쇄된 체계다. 꿈에서는 모든 것이 들어맞는다. 나는 남쪽 강둑에 우뚝 서 있는 우스꽝스러운 예수상을 쳐다보았다. 마치 강으로 뛰어들 준비가 된 것처럼 양팔을 벌리고 있었다. "강으로 뛰어들 준비가 된." 그녀가 한 말이었다. 예수상을 다시 보니 문득 그날 저녁 우리가 강가에서 했던 얘기가 생각났다. 그녀는 내게 뇌, 세포, 충동, 동식물의 문[門], 피질 등 사람들의 말에 의하면 우리를 지배하고 감독한다는 아주 세련된 푸줏간에 대해 설명하고 싶어했다. 나는 '회백질' 같은 말을 아주 싫어하며, 'cell'이라고 하면 '감옥'이 떠오르고, 플레이르마워스에게 그런 핏줄 같은 게 보이는 물컹물컹한 푸딩을 주기적으로 먹였다고 말했었다. 즉, 나는 그녀에게 분명히 말해두었다. 내가 사고할 때 어떤 종류의 물컹물컹한 영역에서 그 역할을 하는지 아는 건 본질이 아니라고. 그녀는 그런 나를 두고 중세시대 사람보다 더 심각하다고 말했었고, 베살리우스*의 해부용 메스가 수세기 동안 육체의 감옥에서 고통을 겪

* 근대 해부학을 확립한 벨기에 의학자.

었던 정신적 결함자들을 해방시켜주었다고도 했다. 나도 그런 고통자 중 한 사람이었다. 물론 나는 그녀에게 말했다. 베살리우스의 날카로운 해부용 칼과 레이저 광선도 숨겨진 기억의 왕국은 결코 발견하지 못했다고. 내 모든 기억들을 포함해 나중에 갖게 될 그녀에 대한 기억이 회색인지 베이지색인지 크림색인지 하는 해면 같은 끈적한 물질로 된 저금통 같은 것에 축적될 수밖에 없다는 설명보다 기억의 신 므네모시네가 훨씬 사실적으로 느껴진다고. 그러자 그녀가 내게 키스했다. 나는 무언가를 찾으며 갈망하는 듯 강제로 들이대는 입술에 대고 뭐라고 말을 했었다. 그러나 그녀의 입술은 영원한 자랑쟁이인 내 입술을 간단하게 덮어버렸다. 우리는 새벽의 여신이 장밋빛 손가락으로 건너편 강둑에 선 예수상을 가리킬 때까지 거기에 앉아 있었다.

우리를 실어다줄 늙은 선장이 엔진의 시동을 걸었다. 우리 뒤로 도시가 멀어져갔다. 옮겨 탄 큰 배에서도 물론 우리는 함께였다. 승무원들이 우리를 선실로 안내했고, 잠시 후 다들 다시 후갑판으로 나와 각자 마음에 드는 자리를 골라 난간에 기대섰다. 그렇게 선 모양새가 꼭 일곱 개의 별로 이뤄진 이상한 별자리 같았다. 선미의 맨 끝에 자리잡은 남자아이가 가장 멀리 떨어진 별이었다. 아이의 좁은 허리는 지구의 소멸점 같았다. 아이가 옆을 돌아보았을 때 나는 한눈에 알아보았다. 그 옆모습은 로마 알바니 별장의 부조 작품에 새겨진 이카루스였다. 아이 같은 몸집, 몸집에 비해 너무 큰 머리, 아버지가 막 만들어낸 운명의 날개에 오른손을 얹은 모습. 아이는 내 생각을 읽기라도 한 것처럼 멀어져가는 세상을 가리키는 깃발 없는 외로운 깃대 위에 손을 얹고 있었다. 아이의 그런 모습 때문에 우리는 조용히 서 있었다. 벨렝탑과 도시의 언덕들, 넓은 강어귀와 등대가 있는 작은 섬, 그 모든 것들이 하나의 점으로 빨려들어가고 있었다. 시간은 유형의 세계를 점점 더 느리게 늘려 형태를 부수고 빠르게 기다란 한 가닥의 수평선이 되도록 만들어버렸다. 느림은 빠름이었다. 누구보다 당신이 잘 알 것이다. 당신은 수축과 팽창이 자유롭게 일어나는 꿈속의 시간에서 살아야 하기 때문이다. 떠남, 사라짐은 육지의 마지막 한숨일 뿐이었다. 우리는 여전히 거기에 꼼짝 않고 서 있었다. 배가 지나간 자리에 남은 물거품만이 멈춰 있음을 부정했다. 바닷물은 검게 보였다. 물살이 소용돌이치고 파도쳐 부서지면서 제 몸속으로 파고들었다. 다시금 파도가 파도를 집어삼키려 했고, 액체처럼 반짝이는 금속조각들이 소리 없이 부서져 파편처럼 내려앉았다. 파도가 서로 으르렁거리며 웅덩이를 파내고 그 안으로 사라져버리곤 했다. 끊임없는 변화가 꼬리를 물고 일어났다. 우리 모두 그 광경을 바라보았다. 앞으로 며칠 동안 나와 알아갈 그 모든 다양한 눈들은 바다에 도취된 듯했다.

며칠간이라는 말을 하고 보니 그게 얼마나 모호하게 들리는지 알겠다. 내게 가장 어려운 문제가 무엇이냐고 묻는다면 나는 무언가를 잘 측정할 줄 모른다고 대답하겠다. 인간은 측정하는 일로부터 예외일 수 없다. 삶의 공간은 너무나 비어 있고, 너무나 열려 있다. 우리는 무언가에 자신을 붙들어두기 위해 많은 것들을 고안해냈다. 이름, 시간, 치수, 이야기 등등. 그러니 나를 그저 내버려두기 바란다. 나는 나만의 습관을 가졌을 뿐이다. 그리하여 비록 우리의 여행이 날짜와 시간의 공포적인 지배를 의식하지 못하는 것 같더라도 나는 계속 날짜와 시간만을 말할 것이다. 북아메리카 수Sioux족의 언어에는 시간에 대한 단어가 없었다고 한다. 내가 뭐든지 빨리 배운다지만 아직까지 그런지는 잘 모르겠다. 때로 밤이 끝없이 계속되었다. 그러다가 며칠이 초조한 순간처럼 수평선을 따라 다시 굴러가버렸고, 하루에 두 번씩 바다를 여러 가지 붉은색으로 칠했다가 다시 어둠에 넘겨주었다. 처음에는 아무도 말을 주고받지 않았다. 우리 일행은 신부, 비행사, 남자아이, 교사, 기자, 교수로 이뤄졌다. 누군가가 그렇게 짠 것은 아니었다. 우리는 서로를 비춰 볼 수 있는 거울이었다. 당신은 우리가 어디로 가는지 알고 있었다. 나는 당신이 그것을 안다는 것만으로 충분했다. 그러나 당신에게 그렇게만 얘기할 순 없다. 당신이 내 이야기의 안에 있을 수도 있고 밖에 있을 수도 있기 때문이다. 나는 전지전능하지 못하기에 다른 사람들의 감춰진 생각 속에서 무슨 일이 일어나는지 모른다. 헤아려보건대 그들에게는 적어도 내가 한 번도 느껴보지 못했던 평화로움이라는 것이 깃들어 있었다. 다들 저마다 무언가에 몰두하고 있는 것 같았다. 혼자만의 생각에 젖어들고 기억을 곱씹거나, 이따금 배 어디론가 한동안 사라지거나, 멀리서 승무원과 얘기를 나누거나, 선교 위를 서성거리기도 했다. 남자아이는 앞쪽 갑판에 자주 서 있었다. 아무도 거기에 있는 그 아이를 방해하지 않았다. 신부는 휴게실 한구석에서 책을 읽었고, 교수는 자주 자기 선실에 머물렀다. 비행사는 밤마다 조타실 옆의 망원경을 들여다보았고, 기자는 바텐더와 주사위놀이를 하거나 술을 마셨다. 그리고 나는 쉴새없이 펄럭이는 돛을 바라보거나 사색에 잠기거나 제3권의 악의에 찬 송시를 번역했다. 누구의 시겠는가? 당연히 호라티우스의 송시다. 로마의 몰락, 음란과 방탕, 멸망, 타락. 그 무엇이 시간에 의해 멸망하지 않겠는가?Quid non imminuit dies? "왜 '날dies'을 '시간'으로 번역하세요?" 리사 딘디아가 물었다. 지금 이 여행중에도 그녀의 질문을 생각하니 웃지 않을 수 없었다. 그녀가 나와 함께했던 시간들은 지나가버리고 없었다. 그녀는 나와 그렇게 오랜 시간을 보내지 못했다. 그럼에도 우리는 한때, 어느 날인가, 함께 시간을 보냈다. 그녀는 펭귄 고전 시리즈 중 제임스 미키의 운문 번역서를 들고 책상 옆에 서 있었고, 나는 내가 고생해서 번역한 것을 들고 있었다. 여전히 나는 그녀의 목소리를 생생히 들을 수 있다. 그녀는 에칭용 조각칼로 새겨놓은 듯한 라틴어 다섯 단어로 이뤄진 문장 "시간은 모든 것을 타락시킨다"를 읽고 난 후 북네덜란드어의 아홉 단어로 번역된 문장을 읽었다. "시간이 악화시키지 않는 것은 무엇인가?" 나는 하루를 여러 날들을 축적하는 풍요로운 시간으로 해석할 수 있다는 걸 멋지게 설명하고 싶었다. 또한 우리가 사용하는 달력이란 셀 수 없는 수를 세는 주판 같은 것이라는 둥 온갖 궤변을 늘어놓았다. 나는 돌연 그녀의 눈에서 실망하는 기색을 보았다. 질문에 대답하지 못하고 수수께끼 같은 말만 하는 선생님을 알아차렸을 때 학생들이 보이는 눈빛이었다. 나는 한 시간 넘게 계속 헤맸고, 내 무능력은 이미 드러나버렸다. 그녀가 성숙한 여자처럼 걸어갈 때 나는 어린아이를 실망시켰음을 알았고, 미성년을 타락시키는 일 역시 내 직업에 속한다는 것도 알았다. 권위를 잃는 건 아이들을 답 없는 세계로 보내는 것이다. 아이들을 성숙하게 만드는 건, 결코 유쾌한 일이 못 된다. 특히 아이들이 한창 싱그러움으로 빛날 때 그렇다. 그러나 나는 이미 교사를 그만둔 지 오래다.

신부가 배 난간을 따라 걸어갔다. 걷는 모습을 보니 무게가 거의 없는 것 같았다. 배가 움직이자 그도 춤을 추듯 이리저리 흔들거렸다. 신부는 자신을 '돔 안토니오 페르미'라고 소개했다. 내가 약간 놀라며 쳐다보자 그가 돔은 도미누스로, 베네딕토수도회의 수도자를 뜻한다고 말했다. 페르미, 해리스, 덩, 뮈서르트, 카르네로, 데코브라, 여행 동료들의 이름이었다. 우리는 각자의 삶에 대해 얘기를 나누었고, 지금은 저마다 서로 낯설고 받아들일 수 없는 부분들을 간직한 채 바다를 항해하고 있었다. 그건 다른 삶의 파편들, 우연의 다른 형태들일 수 있었다. 홀로 여행하지 않는 한 낯선 사람들을 만나게 된다. "혼자 말씀하시는 걸 보았습니다." 신부가 말했다.

다시 한번, 이번에는 더 큰 소리로 여섯번째 송시의 마지막 연을 읊었다. 나는 이런 좋은 기회를 놓치지 않았다. 아직도 라틴어를 살아 있는 언어로 간직한 사람을 만난다는 건 결코 흔한 일이 아니다. 두번째 행에서 그가 노인의 가느다란 목소리로 끼어들었다. 바다 위에서 꽥꽥거리는 두 로마 왜가리들.

"베네딕토회 수도자들이 호라티우스를 읽는 줄은 몰랐습니다."

신부가 웃었다. "베네딕토회 수도자가 되기 전에는 하는 일이 달랐죠." 그는 다시 춤을 추듯 흔들리는 몸을 멈춰 세웠다. 나는 그에 대해 좀더 많은 것을 알게 되었지만, 그런 정보들이 나와 무슨 상관이 있단 말인가? 이번 여행은 나 혼자 하기로 하지 않왔나? 나는 그들과 무엇을 함께하는가, 또 그들은 나와 무엇을 공통으로 갖고 있는가? "나는 살아갈 수 있는 수천 가지 삶 중 하나를 선택했다." 이런 문장을 어디선가 읽은 적이 있다. 그런 경우라면 나 역시 저들의 삶을 살 수 있었다는 게 아닌가? 물론 내가 20세기에 네덜란드에서 태어나기로 결정하지는 않았다. 덩 교수 역시 중국에서 태어난 것을 선택하지 않았다. 이탈리아에서 태어난 페르미 신부는 가톨릭교도가 될 기회가 다른 어느 나라보다 많았다. 하지만 이탈리아라는 장소도, 3세기 혹은 53세기 대신 20세기라는 시기도 우연의 법칙에 따른 것이었다. 참을 수 없는 일이다. 그런 우연의 법칙과 관계를 맺기 전에 당신도 이미 상당 부분 존재했다. 스페인내전 중 파시스트들의 총에 맞아 할머니가 돌아가신 건 알론소 카르네로에게 어쩔 수 없는 일이었다. 우리는 그렇게 서로 저마다의 삶을 비춰 보는 일을 계속할 수 있었다. 만약 피터 해리스라는 사람을 '나'라고 부르게 되었다면, 나는 주정뱅이에 바람둥이일 뿐만 아니라 제3세계 부채 문제에 관한 전문가였을 것이다. 데코브라 기장이었다면, 내가 늘 바라 마지않았던 반듯한 체격과 날카로운 담청색 눈을 가졌을 것이다. 그뿐 아니라 DC-8기를 몰고 수없이 바다 위를 횡단했을 것이다. 나는 지금 그 바다 위 이름도 없는 배의 철제 선실 안에서 느릿느릿 걸어다니고 있다. 내가 그 삶들의 한가운데로 들어간다면 그들이 산 만큼을 나 역시 살아내야 할 것이다. 그러나 불가능한 일이기 때문에 무의미한 단편적 정보들, 즉 페 디베르faits divers*로 만족해야 했다. 덩 교수는 서양과 중국의 고대천문학을 비교한 논문으로 박사학위를 받았다. 대단한 분이다. 해리스는 서양 여자를 좋아하지 않아 태국 방콕에서 살았다. 축하할 일이다. 그는 기자로 제3세계를 돌아다녔다. "그들의 채무가 내 밥벌이입니다." 의심할 바 없는 일이다. 그리고 페르미 신부는 밀라노의 피렌체대성당에 소속됐던 평범한 교구신부였다. "피렌체대성당을 아십니까?"

물론 알았다. 나는 그에게 기꺼이 스트라보 박사의 영혼 없는 여행안내서 『북부 이탈리아 여행안내서』를 선물하고 싶었다. 나는 그 책에 헤마백화점이 기획상품으로 만들어 관광객을 끌어들이는 데 크게 성공했던 서정적인 마스토돈** 석상을 소개했었다.

"그 성당은 내게 지옥이나 다름없었습니다." 신부로서는 엄청난 발언이었다. "수년간 그곳에서 고해성사를 집전했습니다. 적어도 당신은 그런 일을 할 필요가 없었잖습니까?" 맞는 말이었

---

* 프랑스어로 '잡보' '사소한 뉴스'.
** 코끼리와 비슷한 태곳적 포유류.

다. 고해성사를 집전하는 내 모습을 떠올려보았지만 상상이 되지 않았다.

"제의실에서 나와 성당 안으로 들어서기만 하면 가슴이 답답해졌습니다. 바닥 위에 있는 걸레가 된 기분이 들었습니다. 신자들은 그 걸레로 자신들의 삶을 깨끗이 닦아달라고 찾아왔습니다. 사람들이 어디까지 막 나갈 수 있는지 모를 겁니다. 그렇게 가까이서 사람들의 얼굴을 대면한 적이 없었겠죠. 위선, 음탕함, 역겨운 잠자리, 탐욕. 그들은 늘 다시 찾아와 또다시 용서를 강요했습니다. 끔찍하게도 어느 순간 그들과 공범이 되기도 합니다. 제가 그들이 벗어나지 못하는 사슬에, 또 그들의 더러운 인성에 말려들기도 합니다. 저는 도망쳐 수도원으로 들어갔습니다. 수도원에서 성가를 부를 때만 오직 인간의 목소리를 참아낼 수 있었습니다." 신부는 또다시 춤을 추는 듯한 몸을 멈춰 세웠다.

내가 서 있던 난간이 고해소였던 셈이다. 똑같은 곳에 앉아 있기만 하면 사람들이 스스로 찾아오곤 했다. 카르네로만 유일하게 오지 않았다. 그 아이는 자기만의 자리가 있었다. 한번은 내가 그 아이에게 갔다. 아이 옆에 그 여자가 서 있었다. 그들은 함께 어두운 밤하늘을 쳐다보고 있었다. 별이 하나도 없었기에 난생처음으로 지하세계를 실감할 수 있었다. 여행이 계속됨에 따라 예전에 내가 수업에서 상상력으로 꾸며 했던 이야기들이 점점 현실처럼 되어갔다. 바다는 파에톤의 죽음의 질주처럼 내 단골이야기 중 하나였다. 나는 심지어 파에톤의 죽음의 질주를 흉내낼 수 있었다. 바다는 어둡고 악의에 찬 모습으로 출렁이며 평평한 지구 둘레에 펼쳐져 있다. 바다는 두려움을 일으키는 속성으로 낯익은 사물들의 윤곽을 사라지게 한다. 바다는 모든 생명체의 생성을 이루는 형태 없는 원형질의 잔재다. 바다는 카오스이며 세상의 위험한 이면이다. 바다는 우리 선조들이 자연의 죄라고 불렀던 새로운 노아의 홍수의 영원한 위협이다. 그리고 노아의 홍수가 끝난 뒤 서쪽에는 해가 지고 빛이 소멸되어 또다른 형태 없는 밤의 손아귀에 인간들을 내던졌던 바다가 있었다. 신인神人 아틀라스가 서 있던 곳의 그 바다에 그의 이름이 붙었다. 아틀라스의 바다 너머에는 어두운 죽음의 나라, 사투르누스가 추방된 곳인 타르타로스가 있었다. 사투르노 테네브로사 인 타르타라 미소.* 이 문장을 라틴어로 읊을 때 그 관능적인 느낌을 어떻게 설명해야 할지 모르겠다. 그건 육체적인 쾌락과 관계가 있다. 말하자면 먹는 행위의 반대 형태인 셈이다. 이 전직 교사는 정말로 바보 소크라테스였다. 폭우가 내리던 어느 날 학생들을

---

* 사투르누스가 어두운 타르타로스로 추방되었다(Saturno tenebrosa in Tartara misso)—원주.

바닷가로 데려간 적이 있었다. 학생들은 내 얘기를 듣고 결코 크게 웃지 않았다. 우리가 부두 앞에 다다랐을 때, 에이마위던에서 출발한 작은 열차가 지하세계로 향한다는 상상이 정말로 현실이 되었다. 분노의 바다가 현무암 바위를 집어삼킬 듯이 내려쳤다. 하늘은 먹구름으로 뒤덮여 있었다. 다섯 명뿐인 우리 일행을 빗방울이 사정없이 때려댔고, 나는 끼룩거리며 날아다니는 갈매기들 사이에서 초과 근무를 하며 폭풍우 속에서 서쪽을 향해 소리쳤다. 미친듯이 소용돌이치는 바다 너머에는 물론 네 개의 죽음의 강이 흐르는 비밀스러운 어둠의 세계가 있었다. 내가 고함을 지를 때마다 복수의 여신처럼 끼룩거리는 갈매기들의 울음소리가 오르페우스가 건넌 저승의 강 스틱스의 메아리 같았다. 나는 지금도 가장 아끼던 제자의 투명하리만큼 하얀 얼굴을 기억한다. 바로 그런 얼굴에서 우화들이 사실이 되기 때문이다. 나는 죽음에 몰린 세대를 앞에 두고 영원한 안개와 파멸에 대해 미쳐버린 난쟁이처럼 큰 소리로 열변을 토했다. 에이마위던의 소크라테스여. 다음날 리사 딘디아가 내게 시 한 편을 건네주었다. 나는 폭풍우와 외로움에 대한 그 시를 접어 호주머니에 넣었다. 그 시에는 형식이 전혀 없었다. 잡지에서나 볼 법한 현대시 같았지만, 그녀에게 그런 말을 하고 싶진 않았기 때문에 입을 다물었다. 지금 이 배의 갑판 위에 서 있으니 그 시가 어디로 갔는지 궁금했다. 암스테르담의 방 어딘가 내가 쓴 논문들 틈에 끼여 있을 터였다.

그 남자아이는 그녀와 눈이 닮았다. 라틴계의 눈. 아이는 눈길을 돌리지 않은 채 내가 다가오는 것을 보았다. 내가 가까이 다가가자 그 옆에 서 있던 여자가 아이의 어깨에 두었던 손을 떼고 액체로 용해되듯 사라졌다.

"우리 가이드님" 하고 비웃음과 존경심이 뒤섞인 말투로 데코브라 기장이 한 차례 그녀를 불렀다. 그녀는 거기에 있는 듯 없는 듯했다. 존재하든 부재하든, 서로 어울리지 않을 것 같은 우리를 엮어 한 팀으로 만든 게 바로 그녀였다. 그리고 아무도 그이유를 궁금해하지 않았다. 카르네로한테 갔을 때 나는 아이에게 무슨 말을 하려고 했었는지 생각나지 않았다. 유일하게 떠오른 건 "무슨 생각을 하고 있니?"였다. 아이가 어깨를 으쓱하며 대답했다. "바닷물고기들이요." 나 역시 그 말을 듣고 바닷물고기에 대해 생각해야 했다. 우리 아래 수천 미터 깊이에서도 보이지 않는 물고기들. 외면당한 생명체들. 나는 몸서리가 쳐져서 선실로 내려갔다.

그날 밤 나는 또다시 암스테르담의 내 방에 있는 꿈을 꾸었다. 과연 나는 잠만 자고 아무것도 하지 않았던가? 잠에서 깨어나고 싫었다. 선실의 불을 켰다. 어지럽고 땀이 났다. 잠을 자고 있는 그 남자를 보고 싶지 않았다. 벌린 입, 흐리멍텅한 눈, 외로움에 몸을 이리저리 뒤척이는 그 남자. 마리아 세인스트라 이후 나는 누구와도 함께 밤을 보내지 않았다. 그때 그것이 무엇을 의미하든 참된 삶을 경험할 수 있는 마지막 기회라고 생각했었다. 누구한테 속한다는 것, 세상에 속한다는 것, 그런 건 아무런 의미가 없었다. 한번은 그녀에게 아이를 갖자는 얘기도 했었다. 조롱만 당했다. "당신은 머릿속에 그런 쓸데없는 생각밖에 없는 거예요?" 그녀는 교실의 온 학생들을 꾸짖듯 말했다. "당신이 아이를 갖는다뇨! 결코 아이를 가져서는 안 될 사람들이 있습니다. 당신도 그중 하나예요."

"내가 무서운 병에라도 걸린 듯 말하는군요. 내가 그렇게 싫은데 나랑 잠은 왜 자는 겁니까?"

"난 사리분별을 잘하기 때문이죠. 당신이 가끔 자고 싶어할 때나 역시 자고 싶은 마음이 들기 때문이고요."

"그럼 당신은 그 잘난 코프볼 코치 시인하고 애를 낳아야겠군요."

"내가 애를 낳는 건 내 문제예요. 아무튼 골동품가게의 정신나간 난쟁이하고는 아니에요. 그리고 아런트 헤르프스트 역시 당신이 왈가왈부할 일이 아니에요."

아런트 헤르프스트. 제3자. 시인의 얼굴을 장착한 종양덩어리.

"그럼 당신도 직접 시를 써보시죠. 운동을 좀 해보는 것도 나쁘지 않을 거예요." 사실 그랬다. 그랬다면 항해가 아니라 비행을 할 수 있었을 것이다. 비좁은 선실에서 나와 양팔을 활짝 벌리고 날아갔을 것이다. 발아래서 잠을 자는 배와 누르스름한 불빛 속에 외로이 서 있는 감시인과 우리의 선장을 남겨둔 채, 다른 사람들로부터 떨어져나와 어둠 속으로 날아갔을 것이다.

옷을 챙겨 입고 갑판으로 올라갔다. 모두 그곳에 나와 있었다, 무슨 음모라도 꾸미는 사람들처럼. 그들은 데코브라 기장 주변에 둘러서서 망원경으로 밤하늘을 관찰하고 있었다. 결코 여느 때의 밤일 수는 없었다. 하늘의 별들이 우리를 두렵게 하는 밤들이 있다. 그날 밤이 바로 그랬다. 그때만큼 많은 별을 본 적이 없었다. 바닷소리 너머로 별들의 소리가, 애타게, 야유하듯, 맹렬히 우리를 부르는 소리가 들리는 것만 같았다. 그 어떤 불빛도 없는 공간 속에서 별들은 우리를 에워싸고 있는 반구半球였다. 빛이 나오는 구멍들, 자갈 같은 빛의 덩어리. 먼 옛날 지구상에 인간들이 나타나 부여한 번호와 이름을 조소하는 별들은 자신들이 어떻게 불리고 있는지 몰랐다. 인간의 제한된 시력으로 어떤 괴이한 형상들을 보았는지 몰랐다. 불타는 가스로 이뤄진 전갈, 말, 뱀, 사자. 그리고 우리는 인간이 중심이라는 뿌리깊은 편견을 지닌 채 그 아래에 서 있었다. 까마득히 깊은 곳에 여전히 우리를 가둬놓은 반구, 늘 같은 모습으로 우리 주위를 에워싸고 있는 둥글고 안전한 은막 아래에.

바다는 반짝이며 출렁였다. 나는 난간을 단단히 붙잡고 다른 사람들을 바라보았다. 아무것도 증명할 순 없었지만 그들은 변해 있었다. 아니, 그들은 또다시 변해 있었다. 사물들이 사라지고 있었고, 윤곽들이 보이지 않기 시작했다. 나는 누군가의 입인지 아니면 눈인지를 아주 잠깐씩 계속 바라보았다. 눈만 살짝 깜빡해도 그들을 알아볼 수 없었다. 그럴 때면 다른 사람들 사이로 누군가의 몸이 보였다. 마치 우리의 연대감이 와해되기 시작한 것 같았다. 그리고 동시에 내 눈에 보이는 것의 광채가 더 강해졌다. 바보 같은 소리일지 모르지만 그들은 빛을 발하고 있었다. 나는 눈앞에 손을 들어보았으나 보이는 건 내 손뿐이었다. 내게는 기적이 일어나지 않았다. 그러므로 가까이 다가갔을 때 그들이 나를 이상하게 쳐다볼 이유는 없었다.

"사냥꾼이 보이지?" 데코브라 기장이 카르네로에게 물었다. "그게 오리온이야." 하늘에 거인이 살짝 앞으로 몸을 숙이고 서 있는 모습으로 떠 있다. "사냥중이야. 먹이에 살금살금 접근중이지. 눈이 멀었기 때문에 아주 신중해. 발밑에 있는 저 밝은 별 보이니? 그게 시리우스야. 오리온의 사냥개. 이걸로 보면 녀석이

숨쉬는 것을 볼 수 있지."

아이는 무거운 망원경을 들어올려 한참을 말없이 들여다보았다.

"자, 이제 위로 가서 허리 쪽 세 개의 푸른색 별들을 봐. 알니람, 알니타크, 민타카." 그는 선언하듯 그 이름들을 읊었다. "그다음 오른쪽 어깨로 가 입트 알 야크라흐, 즉 겨드랑이지, 그게 베텔게우스야. 크기가 태양의 사백 배나 되지……"

카르네로가 망원경을 내리고 데코브라 기장을 쳐다보았다. 그때 또 그 상황이 벌어졌다. 검은색 눈이 담청색 눈을 뚫어지게 응시했다. 서로의 눈을 파고들듯 바라보는 두 형상은 더이상 얼굴들이 아니었다. 오로지 눈들뿐이었다. 그러고는 순식간에 그 얼굴들의 형태가 다시 밤하늘에 돌아왔다. 다른 사람들은 그것을 보지 못했다. 혹은 보았으면서도 아무 말 하지 않았다. 나 역시 입을 열지 않았다. 태양 크기의 사백 배, 마리아 세인스트라도 내게 그 말을 했었다. 나는 이미 동정을 잃은 상태였다. 그녀는 내가 알고 싶어하지 않는 모든 것을 알았다. 나는 두꺼운 안경알을 통해 세상을 보아야 했으므로 밤하늘과 그리 친숙하지 못했다. 그러나 사냥꾼 오리온자리는 알아볼 수 있었다. 밤의 끝자락에 그 별은 여전히 잠들어 있는 세상 위로 기어오른다는 것을 알고 있었다. 내게 오리온자리는 『오디세이아』 제9권에 나오는 유배자, 장밋빛 손가락을 가진 여명의 여신의 연인일 뿐이었다. 나는 그의 별들이 얼마나 뜨겁고, 얼마나 오래되었으며, 얼마나 떨어져 있는지 알고 싶지 않았다.

"그럼 무식하게 사시라고요."

곁에서 그녀의 목소리를 들을 수 있지만 그녀는 없다.

"세상을 당신 방식대로 인식하는 이유가 뭡니까?" 내가 물었다. "숫자로 생각을 분쇄해버리는 그 우스꽝스러운 놀이에 무슨 의미가 있는 겁니까?"

그녀가 놀라 고개를 갸우뚱했다. 붉은 머리카락이 깃발처럼 옆으로 쏠렸다. 오리온자리는 벌써 동트는 빛 속으로 흔적을 감췄다. 우리는 아직 한숨도 못 자고 있었다.

"무슨 뜻이에요?"

"세포, 효소, 광년, 호르몬. 당신은 내가 보는 것들 뒤에 감춰진 다른 것들을 보잖아요."

"거기에는 뭔가 다른 것이 있기 때문이에요."

"그리고 또?"

"난 이 세상에서 한 번뿐인 인생을 장님처럼 돌아다니고 싶지 않아요."

그녀는 일어섰다. "이제 그 위대한 사냥꾼을 맞이하러 집에 가야겠어요. 이탈리아 사람들은 아이들 교육을 잘 시킨다고 생각했는데."

"리사 딘디아는 애가 아닙니다."

"맞아요." 그녀가 날카롭게 반응했다. "우리 모두 리사 딘디아를 위해 최선을 다했죠."

침묵이 흘렀다. 그러다 그녀는 말했다. "가야겠어요. 선생님 역시 질투하는군요."

그녀는 내가 질투를 느끼고 있는지 묻지도 않았다.

"카스토르와 폴룩스*." 데코브라 기장이 말하는 소리가 들렸다. 사실 내가 과거로 돌아갔으면 하고 모두가 바라는 것만 같았다. 하늘의 칠판에는 라틴어가 쓰여 있지만 더이상 나는 교사가 아니었다. "오리온자리, 황소자리, 좀더 올라가서 페르세우스자리, 마차부자리······" 나는 별자리들을 가리키는 손을 따라 하늘을 쳐다보았다. 별들도 우리처럼 살포시 손을 흔드는 것 같았다. 기장은 별자리들이 언젠가 서로 분리되고 흩어져 미래의 하늘에 뿌려질 거라고 했다. 별들을 한데 모아놓게 된 건 수천 년 전부터 이어진 인간의 우연한 관찰 때문이었다. 우리가 보고 싶어했던 것은 별자리에서 별들이 함께 모여 있는 모습이었다. 별자리들은 샹젤리제 거리를 걷는 행인들처럼 더이상 서로 뭉쳐 있지

---

* 쌍둥이자리의 항성.

않았다. 우리가 알기로 별자리들의 형상은 순간적으로 드러난 게 아니라 상당한 시간이 걸렸을 모습들이다. 수천 년 뒤 큰곰자리는 다시 흩어질 것이며, 궁수자리도 더이상 활을 쏘지 않을 것이다. 흩어진 별들은 각자의 길을 따라갈 것이다. 흩어진 별들의 서로 다른 이동 속도 때문에 우리가 알던 형상들은 지속되지 않는다. 목동별은 곰별을 지켜주지 않고, 페르세우스는 안드로메다를 바위에서 구출하지 않으며, 안드로메다는 어머니 카시오페이아를 알아보지 못할 것이다. 물론 새롭고 우연한 별자리들(네, 'stella'가 '별'이란 뜻인 걸 알고 있습니다, 기장님)이 생성될 것이다. 하지만 그때는 누가 이름을 붙여줄 것인가? 내 삶을 지배했던 신화는 결정적으로 유효하지 않을 것이다. 아니, 신화는 이미 없어져버렸다. 하지만 별자리들 덕분에 아직 세상에 남을 수 있었다. 이름은 그것이 나타낼 생명체가 있어야 생겨난다. 별자리 형상이 아직 남아 있기 때문에 사람들은 페르세우스에 대해 생각할 수 있었다. 데코브라 기장이 말한 대로, 페르세우스가 손 안에 들고 있는 것은 메두사 고르고네스의 머리이고, 최후의 순간에 깜박거리며 악의에 차서 도전적으로 우리를 노려보는 것은 메두사의 사악한 눈임을 사람들은 여전히 알고 있다.

"함지咸池입니다." 덩 교수가 말했다.

우리는 그를 쳐다보았다. 그는 마차부자리를 가리켰다. 쌍두마차와 연못. 그는 아주 작은 목소리로 말했고 얼굴은 빛나고 있었다. 그가 페르미 신부와 닮아 보여 깜짝 놀랐다. 둘은 나이가 같아 보였으나, 더이상 '나이'라는 범주로 그들의 삶을 설명할수 없었다. 그들은 시간을 극복한 자들이었다. 명석하고, 자유롭고, 우리보다 훨씬 앞선 사람들이었다.

함지에서 용*들에게 물을 먹였네.
부상나무에 고삐를 매어두었네.
약목나무 가지를 꺾어 해를 쫓았네……

"보세요." 덩 교수가 말했다. "우리 동양에서도 별들에 이름을 붙였습니다. 하지만 당신네 서양의 이름하고는 다릅니다. 고대시대에 우리는 당신네 신화를 알지 못했고요." 그의 눈빛이 빈정대듯 반짝였다. "그건 너무 짧았죠. 수천 년이었다 해도 짧았을 겁니다…… 나는 이 일에 평생을 바쳤습니다."

"말씀하신 시는 뭔가요?" 내가 물었다. "우리는 태양마차를 용이 아니라 말이 끌었답니다."

---

* 원래 굴원의 시「이소」에서는 '용'이 아니라 '말'이다(飮余馬於咸池兮).

"굴원의 시입니다." 덩 교수가 말했다. "아마 당신은 모를 겁니다. 중국 고전 중 하나죠. 오비디우스보다 더 오래전의 인물입니다."

그는 미안해하는 투였다. "굴원도 추방을 당했습니다. 그 역시 왕과 주위의 간신배들, 궁정의 타락상을 비판했던 거죠." 그가 웃었다. "우리의 태양도 하늘을 날았습니다. 당신네 태양의 신 포이부스 아폴로와 달리 여자였고요. 그리고 태양이 하나가 아니라 열이었습니다. 그들은 부상나무에서 잤어요. 부상나무는 당신네 아틀라스가 서 있는 곳처럼, 우리네 세상의 서쪽 끝에 있는 거대한 나무입니다. 우리의 시인과 무속인은 별자리들이 실제로 존재하는 것처럼 말했죠. 당신네 마차부자리는 우리네 함지입니다. 신이 머리를 감는다고 알려진 실존하는 연못이죠. 그곳에서 태양신이 큰곰과 함께 술을 마시는 것을 노래한 시가 있습니다."

우리는 이제 하늘에서 갑자기 연못으로 변한 별자리를 바라보았다. 나는 오리온이 실제로 존재하는 사냥꾼이었음을 얘기하고 싶었다. 그러나 그때 다들 퍼뜩 할말이 있었다. 페르미 신부는 중세시대에 은하수라는 이름으로 알려졌던 산티아고 데 콤포스텔라에서 한 순례여행에 대해 얘기하기 시작했다. 그는 걸어서 여행을 했다. 그 순간 우리가 볼 수 있던 유일한 은하수는 머리 위에서 떠도는 빛의 장막이었다. 그곳에서 우리는 춤을 추듯 경쾌한 발걸음으로 걷는 그를 보았다. 데코브라 기장은 별을 보고 비행하는 방법을 배웠다고 했고, 광환 속에 싸여 우리 머리 위를 날아가는 그가 보였다. 그를 에워싼 차가운 적막 속 누에고치 같은 조종실에서 엔진소리가 들렸고, 그의 앞에서 계기판의 바늘이 마구 떨렸다. 그의 위로는, 지금 우리의 앞보다 더 가까이에, 중국인, 그리스인, 바빌로니아인, 그리고 이집트인이 나름대로 이름을 붙여준 하늘의 등대들이 펼쳐져 있었다. 그들은 그 수많은 별 뒤에 지구상 모든 바닷가의 모래알만큼 또다른 천체들이 존재한다는 걸 알지 못했을 것이고, 그 모든 별들에 이름을 붙일 만큼 많은 신과 영웅이 등장하는 신화는 없다는 걸 몰랐을 것이다.

그때까지 말없이 듣고만 있던 해리스가 입을 열었다. 한번 어느 술집에선가 잔뜩 취한 채 쫓겨나 길거리에 누웠을 때 별들을 바라본 적이 있다고 했다. 우리가 웃자 카르네로가 말했다. 그애가 떠나온 고향의 초원에 자리한 잘 보이지도 않는 작은 마을에서 저녁에 다들 텔레비전을 보고 있을 때 자신은 새총으로 큰곰을 쏘곤 했다는 것이다. 우리에게도 그 모습이 보였다. 새총으로 쏜 작은 돌멩이가 실제로 그 먼 거리를 날아가서 큰곰의 옆구리를 맞힐지도 모른다 생각했다고 아이는 말했다. 우리는 차갑게 발하는 불빛을 보며 그것들이 우리에게 줄 수 없는 무언가를 바랐었다.

"날이 밝고 있군요." 기장이 말했다.

"그런 거 같네요." 해리스가 대꾸했다.

우리는 웃었다. 그리고 문득 덩 교수가 내 얼굴에서, 내가 전에 그한테서 보았던 것을 보았거나 아니면 차라리 그것을 외면했다는 느낌이 들었다.

"내가 아직 여기 있는 겁니까?" 내가 물었다.

"아 그럼요, 있고말고요." 덩 교수가 말했다. 정확히 해가 뜨는 길목에 서 있던 그의 머리 둘레에 황금빛 후광이 나타났다. 그 후광 때문에 그의 얼굴이 사라진 것처럼 보였다. 어쩌면 그랬는지도 몰랐다. 한 발 옆으로 비켜서자 비로소 그를 다시 볼 수 있었다.

"이른아침 은하수 나루터를 떠나 저녁에 해가 지는 서쪽 끝에 도달했네······" 덩 교수가 감정을 실어 시를 읊었다. 내가 궁금해하며 쳐다보자 그가 말했다. "굴원의 시입니다. 우리 동양에서 영적인 시간은 보통의 시간보다 빨리 흐릅니다. 당신네도 마찬가지겠죠? 굴원은 위대한 시인입니다. 당신도 다음 생애에서 그를 한번 연구해봐야 할 겁니다. 그의 장편 서정시 첫머리에는 조상인 신령들에 대한 이야기가 나오고, 말미에는 신성한 사자死者들과 교류하기 위해 부패하고 타락한 세상을 떠난다는 내용이 나옵니다."

"은하수 나루터가 정확히 어디에 있는지 모르겠습니다." 데코브라 기장이 말했다. "그래도 저는 멀리 서쪽 세상에는 자주 있어봤습니다. 그리고 아침에는 동쪽 세상에서 일어났고요."

"당신이 어디로 가는지 모른다면 속도는 더이상 중요하지 않죠." 해리스가 중얼거렸다.

금기를 깨뜨리는 일이라도 되는 양 아무도 대꾸를 하지 않았다. 해리스는 어깨를 으쓱하고 주머니에 늘 넣고 다니는 작은 마개 달린 은색 술병에서 술을 한 모금 마셨다.

"저는 이제 햇빛을 못 견디겠습니다." 해리스는 이렇게 말하고 사라져버렸다. 나는 선미 쪽으로 갔다. 우리가 떠나온 길을 따라 저멀리 수평선으로 물고랑이 뻗어 있었다. 나는 선미의 한가운데에 서 있는 게 정말 좋았다. 활처럼 휘어진 철제 난간이 나를 꼭 껴안아주는 느낌 때문이었다. 배가 지나간 자리에는 황금빛과 핏빛이 섞여 있었다.

"저는 이제 햇빛을 못 견디겠습니다." 내가 뒤로 돌면 서로 떨어져 있는 북두칠성처럼 사람들이 흩어져 있는 모습이 보일 터였다. 그들 무리에서 내가 벗어나 있기 때문이었다. 그러나 나는 거기 홀로 서서 생각해봐야 했다. 이제 햇빛을 못 견디겠다는 건 내 교사생활을 마감하기 전날 저녁, 아니면 당일 아침에 그녀가 했던 말이다. 잠이 그 이틀 사이에 놓인 다리는 아니었기에, 아마 그날이 내 삶에서 가장 긴 하루처럼 느껴졌던 것이리라. 그날이 가장 행복했다고 치자. 그런 경우 내 감정은 늘 상실감을 동반했다. 그래서 또 우울해진다. 그러나 그 감정의 근본은 행복이었다. 그녀는 결코 나를 사랑한다고 말하고 싶어하지 않았다 ("그런 건 당신 어머니한테나 가서 찾으세요"). 그러나 약속 시간과 장소와 암호는 절대 잊는 법이 없었다. 어쨌든 그 시절에는 내 모습이 참을 만했다. 물론 내 외모에는 못 봐줄 부분도 있었고 봐줄 만한 부분도 있었다. ("못생긴 사람들 중 당신이 그래도 제일 잘생겼어요.") 아무튼 내 삶의 모든 것에는 일정한 운律이 있어야 했으므로 마지막 수업을 플라톤의 『파이돈』에 바쳤다. 나는 허접스러운 여행안내서를 쓰는 작가일지 모르지만 한편으론 유능한 교사였다. 학생들을 순한 양처럼 문장론과 문법론의 가시울타리 너머로 인도했다. 태양마차를 쏘아 떨어뜨릴 수도 있었다. 그러면 온 교실이 불에 휩싸이는 듯했다. 그날도 그랬다. 소크라테스를 명예로이 죽게 하여 학생들의 긴 혹은 짧은 삶 속에서 결코 그를 잊지 못하게 할 수도 있었다. 처음에 학생들은 내 별명 때문에 키득거렸다. ("아니, 여러분, 오늘은 웃는 거 절대 봐주지 않을 겁니다.") 그리고 조용해졌다. 내 말은 진짜 소크라테스가 하는 말이 아니었지만 나는 교실에서 정말로 죽으려

했다. 언젠가 아런트 헤르프스트가 말했다. "뮈서르트 선생님이 소크라테스 연기를 하고 나면 그다음 시간에 학생들을 어떻게 다뤄야 할지 대책이 안 섭니다." 처음으로 한 옳은 소리였다. 교실은 아테네의 감옥으로 변해 있었다. 나는 친구들을 주위로 불러모으고 해가 질 무렵에 독약을 마셨다. 나는 그 운명에서 탈출할 수도, 아테네에서 도망칠 수도 있었지만 그러지 않았다. 이제 마지막 하루를 내 학생들이었던 친구들과 오랫동안 대화하며 보내고 싶었다. 그들에게 죽는 법을 가르쳐주고 싶었다. 그리고 나 홀로 죽고 싶지 않았다. 세상에 속한 사람으로서 그들 곁에서 죽고 싶었다. 나, 또다른 나는 수업을 모호한 추상적 개념 쪽으로 이끌어가야 한다는 걸 알고 있었다. 죽은 사람에게는 육체로부터 영혼을 분리시키려는 고차원적인 화학작용이 일어난다는 것을 알려줘야 했다. 소크라테스는 영혼 불멸의 증거를 다른 증거들 위에 하나씩 쌓아올렸지만, 그토록 높이 쌓아올린 논증들 밑에는 영혼이 존재하지 않는 죽음의 동굴이 입을 벌리고 있었다. 교실에 앉아 얘기하고, 가끔 누군가의 목덜미 털을 쓰다듬고, 이리저리 서성이며 생각하고, 이상한 소리를 내기도 하는 그 못생긴 몸뚱이는 곧 화장되고 묻힐 터였다. 그리고 사람들이 그 모습을 지켜보며 자신들을 위로하는 소리들을 들을 터였다. 물론 그들은 천조각에 싸인 말라빠져 앙상한 뼛속에 고귀하고 눈에 보이지 않는, 유형이 아닌 어떤 불멸의 물질이 들어 있다고 믿고 싶어했다. 독특하게 생긴 칠십대의 몸뚱이가 마침내 반듯이 누워 꼼짝 않게 되면, 신체에서 벗어나 순수사고를 방해하는 모든 것으로부터 해방될 것이다. 그리고 욕망에서 벗어나 이승을 떠나는 여행길에 오를 것이다. 이승에 머물거나 이승으로 되돌아가는 건 불가능한 일이다. 나 자신은 그런 것을 믿지 않았다고 부언하지 못했다. 나는 그런 것을 믿게 하는 역할을 한 사람이었기 때문이다. 중요한 건 그날 오후 내가 무엇을 생각했느냐가 아니라, 정작 위로를 받아야 할 사람이 오히려 친구들을 위로하고 있었다는 것이다. 또 중요한 건 한 인간이 삶의 마지막 시간들을 논증이 아닌 사고활동에 보낼 수 있다는 것, 선택, 가정, 모순, 반박 사이를 이리저리 오가며 그 한정된 공간 속에서 긴장된 정신과 정신을 잇는 일에 보낼 수 있다는 것, 그리고 자기 자신을 돌이켜보고 생각을 바꿀 수 있으며 풀리지 않는 의문들을 다시 확실성 자체를 부정하는 불확실한 영역 안에 고정시키는 인간의 놀라운 지적 능력을 발휘할 수 있다는 것이었다. 그리고 나는 파에톤 수업에서처럼 하늘에서 본 땅의 모습을 학생들에게 다시 보여주었다. 학생들은 이미 텔레비전에서 지구가 푸르스름한 공처럼 우주 공간에 떠 있는 모습을 수없이 보았다. 그 반짝이는 기구氣球가 우주의 중심이 아님을 이미 아는 그들은 이제 또다른 소크라테스의 학생들이 되었고, 그와 함께 아테네의 감옥에서 탈출했다. 이제 그들은 진짜 소크라테스가 말했듯 "열두 장의 가죽으로 만들어진 공 같은" 훨씬 신비스러운 세계를 보았다. 온갖 보석으로 장식된 형형색색의 휘황찬란한 세계, 그곳은 그들이 일상의 삶을 영위해야 하고, 몇 시간 뒤면 그들의 오랜 친구가 떠나야 할 곳이었다. 그러나 그 세계는 하나의 보잘것없고 초라한 허상이었다. 나는 그들에게 하늘에서 내려다보이는 세계는 실재하면서 동시에 실재하지 않는 것이며, 땅 아래에는 밑바닥이 없는 거대한 지하연못 타르타로스로 흐르는 강들이 셀 수 없이 많다고 말해주었다. 내가 말을 빌렸던 또다른 소크라테스가 결코 나올 수 없는 아테네의 감옥 안에 그 연못의 물을 채운 것처럼, 나는 교실 앞에서 이리저리 춤을 추면서 내 짧은 팔로 엄청난 양의 물을 끌어들였다. 나는 지구를 덮고 있는 물을 여러 강으로 갈라놓는 거대한 펌프가 되었다. 내가, 그리고 또다른 소크라테스가 학생들에게 지하세계의 4대 강에 대해 말했다. 그중 가장 큰 규모로 지구 주위를 돌며 흐르는 오케아노스강, 죽은 자들의 영혼이 죽음의 황량함을 지나 제 길을 찾아 도착해 새로운 삶을 기다리는 연못으로 흘러들어가는 아케론강, 불과 진흙과 바위로 뒤덮인 곳 그리고 늘 새롭게 영원한 보상과 영원한 형벌을 희망하는 인간의 꿈에 대해 얘기했다. 그러면서 나는 그 불쌍

한 영혼들을 뿌연 겨울 아침 버스정류장에 서 있는 노동자들처럼 그곳의 안개 속에 세워두었다.

이제 다 끝났다. 나는 뒤로 물러서서 맨 앞줄의 책걸상과 거리를 충분히 벌린다. 이제 나는 죽을 것이다. 그가 자기 제자들의 눈을 들여다보아야 했듯이 나도 학생들의 눈을 들여다본다. 누가 심미아스이고, 누가 케베스인지 정확히 알아본다. 함께했던 그 모든 시간 동안 그의 가슴 깊이 자리한 수제자 크리톤은 물론 리사 딘디아였다. 그녀는 불멸을 믿지 않았다. 나의 열변은 전부 헛수고였다. 나는 칠판 가까운 구석에 가만히 서서 가장 아끼는 제자 크리톤을 바라본다. 그녀는 창백한 얼굴로 의자에 곧게 앉아 있다. 나는 운명의 신이 이제 나를 부르러 올 것이라고 한 어느 시인의 말을 인용한다. 나는 씻고 싶다. 그러면 곧장 입관시키기 위해 여자들이 내 몸을 씻길 필요가 없을 테니까. 그때 크리톤이 묻는다. 자신들이 나를 위해 무엇을 할 수 있고 내 자식들을 위해 무엇을 할 수 있는지. 나는 친구들이 할 수 있는 유일한 일은 각자 몸조심하는 것뿐이라고 대답한다. 스스로 조심하는 것이 가장 중요하다. 만약 크리톤이 내게 어떻게 묻히길 원하느냐고 묻는다면, 우선 나를 붙잡을 수 있는지 알아야 한다고 그를 놀릴 것이다. 물론 붙잡아야 하는 건 휙 날아가버릴 내 영혼을 의미한다. 그리고 나를 예비 시신으로만 보려고 하는 그를 꾸짖을 것이다. 보이지 않는 여행과 내 불멸성은 믿지 않고, 내가 남기고 가 눈으로 볼 수 있는 육체만을 믿는 그를 꾸짖을 것이다. 그러고서 씻으러 갈 것이다. 반면에 나는 여전히 교실 구석에 서 있다. 크리톤이 나와 함께 간다. 반면에 그녀는 거기 의자에 앉아 있다. 나는 그들 모두가 어떻게 나를 쳐다보는지 안다. 나는 목욕을 끝내고 돌아와 독약을 마실 시간이 되었음을 알리러 온 간수와 얘기를 나눈다. 간수는 알고 있다. 그가 독배를 건네야 하는 다른 사형수들과 달리 나는 발광하며 소리지르지 않으리라는 것을. 크리톤은 내가 우선 무얼 좀 먹기를 바란다. 해가 산 위에서 빛나고 있으며 아직 지지 않았다고 간수가 얘기한다. 그리고 우리 모두 운동장 너머의 산을 올려다본다. 푸른 산 위에 붉은빛을 발하는 해가 걸려 있다. 그러나 나는 거절한다. 마지막까지 기다리는 사람들이 있다는 걸 알지만 나는 그러고 싶지 않다. "아닌 거다, 크리톤아." 나는 말한다. "독배를 좀 늦게 마신다고 해서, 떼를 쓰는 어린아이처럼 삶을 붙들고 있다고 해서 무슨 득을 보겠느냐?" 그러자 크리톤이 간수에게 신호를 보내고, 간수는 독배를 들고 다가온다. 내가 어떻게 해야 하는지 묻자 간수가 말한다. "할 것은 없소. 그저 그걸 마시고 조금 걸어다니다 다리가 무거워지면 누워요. 아무것도 할 필요가 없소." 그러고서 독배를 건네준다. 나는 천천히 마시며 잔을 비운다. 내

114

가 존재하지 않는 잔을 끝까지 마셔 비우고 그 빈잔을 보이지 않는 간수에게 되돌려주고서 크리톤의 눈을 들여다본다. 그건 리사 딘디아의 눈이다. 나는 그 자리에 멈춰 선다. 우리가 대단한 인형극을 하는 건 아니다. 나는 바닥에 드러눕지 않는다. 간수에게 내 발에 아직 감각이 있는지 살펴보지 못하게 한다. 나는 서 있는 그 자리에서 죽어간다. 엄청난 한기가 밀려드는 와중에 마지막 구절을 읽는다. 그리고 의술의 신 아스클레피오스에게 빚진 수탉 이야기가 남았다. 그 이야기는 이 세상의, 이 현실세계의 죽음을 보여주기 위한 것이기도 하다. 그리고 끝이다. 소크라테스의 얼굴에서 천이 거둬진다. 부릅뜬 두 눈은 한곳에 붙박여 있다. 크리톤이 그 눈을 감기고 벌어진 입을 다물게 한다. 그러나 우리에게 그런 일은 없다.

이제 미묘한 순간이 오고 있다. 학생들은 교실에서 나가야 한다. 그들은 얘기하고 싶은 마음이 없다. 나 역시 그렇다. 돌아서서 가방 안에서 무언가를 찾는다. 육체는 영혼에 방해되는 존재라는 플라톤의 이론을 나는 안다. 그의 이론이 기독교에 영향을 미쳤다는 것도 안다. 그 사실이 마음에 들지 않는다. 그리고 소크라테스가 서구 문명의 영원한 오해의 일부라는 것도 안다. 그러나 그의 죽음은 늘 나를 감동시킨다. 내가 그의 역할을 할 때면 더욱 그렇다. 돌아서서 보니 학생들은 거의 다 나가고 없다.

몇몇 남학생이 눈이 충혈된 채 고개를 돌리고 앉아 있다. 혹 자신들이 감동을 받은 줄 오해하지 말라는 태도다. 복도가 아주 소란스럽다. 너무 큰 소리로 웃고 떠든다. 그러나 리사 딘디아는 남아서 정말로 울고 있었다.

"어서 울음을 멈춰." 내가 말했다. "넌 내 얘기를 전혀 이해하지 못했구나."

"그래서 우는 게 아니에요." 그녀는 가방에 책을 집어넣었다.

"그럼 왜 우는 거야, 문제가 뭐야?" 807번째 어리석은 질문이었다.

"모든 게 다요."

울고 있는 여신. 좋은 모습은 아니었다.

"모든 게 다라니. 너무 광범위하잖아."

"그럴 수 있어요." 그러더니 그녀는 사납게 말했다. "선생님 자신도 영혼의 불멸을 믿지 않잖아요."

"그래."

"그럼 왜 그런 이야기를 들려주는 거예요?"

"감옥의 상황은 평소 내 생각과 별개의 것이야."

"그럼 왜 믿지 않는 건데요?"

"소크라테스가 그걸 네 번이나 증명하려고 했기 때문이지. 증명에 자신이 없다는 얘기야. 내 생각엔 그 자신도 믿지 않았던

116

것 같아, 정말로. 그래도 불멸성은 여전히 중요하지."

"무슨 말이에요?"

"우리가 불멸성에 대해 생각할 수 있다는 점이 중요하다는 거야. 그리고 그 생각은 아주 개인적인 것이고."

"그걸 믿지 않아도요?"

"나로선 그래. 하지만 난 이런 문제를 토론하는 데 아주 약하단다."

그녀가 일어섰다. 나보다 키가 컸기 때문에 나는 내 뜻과 상관없이 한 발 뒤로 물러섰다. 그때 갑자기 그녀가 나를 똑바로 쳐다보며 말했다. "제가 아런트 헤르프스트 선생님과 헤어지면 선생님도 마리아 세인스트라 선생님하고 헤어지는 거예요?"

단도직입적이었다. 나는 아직 죽은 게 아니었던가? 또다시 새막을 올려 연기를 해야 하나? 진짜 소크라테스가 이런 대화를 했으리라고는 상상할 수 없었다. 모든 시대에는 고유한 징벌 방법이 있기 마련이다. 우리 시대에는 아주 많다.

"우리 얘기는 없었던 것으로 하지." 나는 마지막으로 이렇게 말했다. 그녀는 대꾸할 말이 더 있는 것 같았으나, 그 순간 마리아 세인스트라가 평소처럼 빠른 발걸음으로 교실 안으로 들어왔다. 그 바람에 교실 한가운데에 이르러서야 리사 딘디아를 발견했다. 순식간에 벌어진 상황이었다. 교실 안으로 휘날리며 들어오는 붉은 머리카락, 교실 밖으로 뛰쳐나가며 손으로 입을 막은 학생의 검은 머리카락.

"십대 아이일 뿐이군요." 마리아 세인스트라는 만족해하며 말했다.

"꼭 그렇다고 할 순 없어요."

"그렇게 말하지 마요."

그때 우리 둘 다 리사 딘디아가 의자 위에 놓고 간 책을 보았다. 그녀가 책을 집어들고 펴보았다.

"플라톤이라, 난 거기까지는 못해요. 그애는 오늘 내 수업에서 혈관과 동맥에 대해 배웠어요."

그녀가 책을 다시 내려놓을 때 갈피에서 편지봉투 하나가 떨어졌다. 그녀가 그 봉투를 보고 내 눈앞에 쳐들었다.

"당신 앞으로 쓴 거네요."

"나한테요?"

"당신이 헤르만 뮈서르트라면, 맞겠죠. 읽어봐도 돼요?"

"읽지 않는 게 좋겠네요."

"왜죠?"

"어쨌든 당신은 헤르만 뮈서르트가 아니잖아요."

갑자기 그녀는 화를 내며 씩씩거렸다. 그러고는 내가 손을 뻗어 편지를 잡으려 하자 고개를 흔들며 거부했다.

"선택해요. 안에 뭐라고 쓰여 있든 이 편지를 받는다면 난 더이상 당신을 만나지 않을 거예요. 그게 싫으면 이 편지를 여기서 갈기갈기 찢어버리겠어요."

인간의 정신이란 놀랍다. 여러 가지를 동시에 생각할 수 있으니 말이다. 내가 읽어본 책들 중 어떤 것도 나를 이런 상황에 대비시켜주지 못했다. 동시성, 그런 터무니없는 데 관여하는 게 인간의 본성이라는 생각이 들었고, 다시 호라티우스가 그런 진부한 것들에 관해 훌륭한 시들을 썼다는 사실이 떠올랐다. 나는 온통 그녀를 잃고 싶지 않은 생각뿐이었다. 편지를 찢어버리라고 말하자 그녀는 내 말대로 했다. 종잇조각들이 눈송이처럼 하늘거리며 아래로 흩날렸다. 리사 딘디아가 내게 썼던 글자들과 문장들이 갈기갈기 찢겨 아무런 말 없이 마룻바닥 위로 무력하게 흩어졌다.

"여기서 나가야겠어요. 내 물건들이 아직 5b호에 있거든요."

복도는 쓸쓸했다. 우리의 발소리가 불규칙적인 리듬으로 뒤섞여 울려퍼졌다. 5b호 칠판에 이상한 그림이 하나 그려져 있었다. 물줄기 사이에 섬들이 듬성듬성 들어서 있는 강을 그린 그림이었다. 그녀가 자물쇠를 여는 소리가 들렸다. 그림 속 드넓은 강물 위에는 조그마한 동그라미들이 떠다녔다.

"이게 무슨 그림이죠?"

"림프액, 모세혈관, 림프관, 혈장, 당신 몸안에 돌아다니는 모든 것들이에요. 그런데 지금은 그런 얘기 하고 싶지 않거든요."

그녀가 뒤에서 나를 껴안더니 내 왼쪽 어깨 위에 턱을 기댔다. 내 곁눈으로 그녀의 충혈된 눈이 보였다.

"우리집으로 가죠." 나는 말했다. 아마 사정하는 투였는지도 모르겠다. 그 순간 복도에서 발소리가 들렸기 때문이다. 우리는 서로 껴안은 채 꼼짝 않고 서 있었다. 그녀가 내 안경에 입을 맞추었기 때문에 아무것도 볼 수 없었다. 문고리가 딸깍 하고 내려갔다 잠시 후 제자리로 돌아가는 소리가 들렸다. 다시 들리기 시작한 발소리는 우리가 듣지 못할 때까지 멀어져갔다.

"집에는 나중에 가요. 난 여기서 당신과 있겠어요." 그래서 그렇게 결정되었다. 우리는 밤새도록 얘기를 나눌 테고, 그녀는 첫차를 타고 아런트 헤르프스트한테 가서 헤어지자고 말할 테고, 그러고서 저녁에 우리집으로 들어올 것이다. 그녀는 그렇게 해도 되느냐고 물어보지 않고 내게 통보했다. 그리고 이십사 시간 후, 그녀는 우리집 창가에 서서 새벽 여명을 바라보고 있었다. 나는 그녀가 중얼거리는 소리를 들었다.

"나는 햇빛이 싫어요."

그리고 그녀는 마치 오늘 하루가 어떠한 날이 될지 미리 알고 있다는 듯 다시 한번 같은 말을 되풀이했다. "나는 햇빛이 싫어요."

그러고는? 그녀는 샤워를 하고 커피는 마시지 않겠다고 소리를 지르고는 방을 지나 회오리바람처럼 나가버렸다. 플레이르마위스는 담요 밑으로 기어들어갔다. 나는 붉은 머리카락이 운하를 건너는 모습을 보았다. 나는 그녀가 늘 우리집에 있으면 어떨지 상상해봤으나 잘 그려지지 않았다. 나는 그날의 첫번째 수업준비를 했다. 키케로의 『우정에 관하여』 27장 104절이었다. 결코 더는 수업을 하고 싶지 않았고 준비도 제대로 할 수 없었다. 나는 라틴어 문장 구조를 분해했다. 뒤에서부터 앞으로 동사의 형태들을 이끌어내봤다. ("여러분, 우리말의 문장 구조처럼 이해하기 쉽게 분해해서 보여주겠습니다.") 그러나 소용없었다. 나는 하고 싶지 않았다. 마음은 이미 기차에서 그녀의 옆에 앉아 있었다. 그리고 내가 떠난 건 한 시간 뒤였다. 모든 것이 달라 보였다. 운하를 따라 설치된 난간들, 암스테르담 중앙역의 계단. 철길을 따라 펼쳐진 초지, 그것들이 갑자기 어색하고 어울리지 않게 놓여 있는 것 같았다. 가장 사소한 것들까지 내게 할말들이 많았다. 세상사가 싫었다. 교무실에 들어섰을 때 나는 이미 경고를 당한 상황이었다. 맨 처음 본 건 아런트 헤르프스트였다. 그는 나를 기다리고 있었다. 다시 교무실에서 나오기 전에 이미 그가 내 옆으로 다가와 서 있었다. 그는 술냄새가 났고 면도도 하지 않았다. 이런 일은 늘 똑같은 방식으로 진행되는 것 같다. 다음 단계에는 서로 멱살을 잡고 실랑이하며 옷을 끌어당기고 고함을 지른다. 그러면 누군가 나서서 뜯어말린다. 이번에는 그 누군가가 나타나지 않았다.

"헤르만 뮈서르트, 함께 얘기 좀 할까? 당신한테 할 얘기가 많아."

"지금은 안 됩니다. 곧 수업이 있습니다."

"당신 수업 따윈 상관없어. 가지 말고 여기 있으라고."

흔히 볼 수 있는 광경은 아니었다. 한 교사를 뒤쫓는 다른 한 교사. 나는 간신히 교실에 도착해 가능한 한 품위 있게 안으로 들어가려 했지만 그가 나를 다시 끌어냈다. 나는 그를 뿌리치고 운동장으로 도망쳤다. 정말 진기한 구경거리였다. 온 학교 사람이 내가 죽도록 두들겨맞는 모습을 창문 너머로 지켜볼 수 있었다. 마구 난타당했다는 표현이 맞을 것 같다. 평소처럼 나는 여러 가지 일을 동시에 했다. 넘어지고, 엉금엉금 기고, 피 흘리고, 자신 없는 주먹을 몇 번 날리고, 넓게 벌어진 그 멍청이의 입에서 쏟아져나오는 온갖 욕지거리를 들었고, 그한테 맞아 안경이 떨어져나가는 바람에 앞을 볼 수 없었다. 나는 내 손에 익숙한 물건이 다시 잡힐 때까지 주위를 더듬거려야 했다.

"야, 여기 네 안경. 얼간아."

다시 안경을 썼을 때는 모든 것이 변해 있었다. 창문 뒤로 비밀스러운 웃음을 띠며 키득거리는 학생들의 하얀 얼굴이 보였다. 그들에게 보이는 운동장은 진풍경이었다. 돌로 만든 거대한 체스판과 다섯 개의 말. 그중 둘은 가만히 서 있었다. 교장은 나를 향해 걸어오고, 마리아 세인스트라는 아런트 헤르프스트 쪽으로 걸어가고, 아런트 헤르프스트는 리사 딘디아가 있는 곳으로 걸어갔다. 교장이 내 옆에 도달한 순간에 아런트가 양팔로 세차게 마리아를 옆으로 밀쳐서 그녀가 비틀거렸다. 그녀가 똑바로 일어서기도 전에 교장이 말했다. "뮈서르트 선생, 당신은 여기서 도저히 용납할 수 없는 짓을 했소." 그때 아런트가 리사의 팔을 붙잡아 끌고 갔다.

"아런트!"

그날 아침에 나와 함께 살고 싶다고 말했던 그녀의 목소리였다. 이제 모든 것이 멈췄다. 나는 그 얼어붙은 듯 정지된 장면 위로 들어올려져 그곳의 일부가 아닌 것처럼 위에서 그 극적인 광경을 내려다보았다. 분노로 얼굴이 일그러진 노인이 피를 흘리며 벽에 기대선 사람에게 삿대질을 하고 있었다. 넓은 공간 한가운데에 붉은 머리의 여자가 서 있었고, 또다른 남자가 여자아이를 붙든 채 비틀거리며 서 있었다. 그리고 그 침묵 속에 학생들이 늘 나를 부르던 바보 같은 단어가 울려퍼졌다.

"소크라테스."

그 단어는 무언가를 원했다. 불만을 말하고 있었다. 운동장에서 사라지기를 원치 않는 간절한 호소였다. 그 단어는 무언가를 원하는 외침의 소리, 혹은 그저 불린 소리, 혹은 속삭여진 소리, 이미 주인을 잃어버린 소리였다. 그 소리는 얼마 후 몇 킬로미터 밖에서 화물차와 충돌하게 될 승용차에 부딪혀 한참이 지나서도 주위를 맴돌았다. 아니, 나는 장례식에 가지 않았다. 아런트 헤르프스트의 장례식이라는 말은 아니다. 그는 다리만 부러졌을 뿐이다. 그뒤로 마리아 세인스트라에 대한 소식을 더는 듣지 못했다. 아무튼 그랬다. 아런트와 나는 해직당했다. 그리고 가을부*는 미국 텍사스주 오스틴에서 교편을 잡았다. 나는 교편을 놓고 스트라보 박사라는 필명으로 잡다한 내용을 담은 여행안내서의 저자가 되었다. 수많은 네덜란드인들이 그 책을 들고 위험천만한 해외여행을 감행한다. 아주 드물게 옛 제자를 만나기도 한다. 그들의 얼굴도 하나같이 늙어서 알아보기 힘들다. 또한 그들은 머릿속에 떠오르는 두 이름을 절대로 입 밖에 내지 않는다. 나 역시 마찬가지다.

---

* 네덜란드어 'herfst'(헤르프스트)는 '가을'을 뜻한다.

피터 해리스가 내 옆으로 다가와 섰다.

"웬일이에요. 햇빛을 싫어하는 줄 알았더니." 내가 말했다. 그에게서 술냄새가 풍겼다. 그날 아침의 아런트 헤르프스트처럼. 세상사는 끊임없는 관계 맺기다. 그러나 해리스는 적어도 나를 때리진 않았다. 그는 들고 있던 술병을 내밀었고 나는 사양했다.

"육지에 가까워지는 것 같군요." 그가 말했다.

수평선을 바라보았지만 아무것도 보이지 않았다.

"거기 말고 여기 밑을 보세요." 그가 바다를 가리켰다. 우리가 항해하는 동안 바다는 줄곧 회색, 파란색, 검은색 또는 그것들이 한데 섞인 색이었다. 지금은 갈색이었다.

"아마존강의 진흙입니다. 강 밑에 가라앉은 찌꺼기들이죠."

"어떻게 아세요?"

"전에 여기에 온 적이 있어요. 우리는 남서쪽으로 항해한 겁니다. 몇 시간 뒤면 벨렝이 보일 거예요. 포르투갈 사람들은 참 대단한 것 같아요. 포르투갈 벨렝에서 출발해 브라질 벨렝에 도착하니 말입니다. 영원히 순환하는 듯한 느낌이 들지 않나요. 물론 선생님은 믿지 않겠지만요."

"동물의 경우에만 그렇겠죠." 나는 별생각 없이 말했다.

"왜죠?"

"동물들은 늘 그 모습대로 돌아오기 때문입니다. 1253년의 비둘기와 지금의 비둘기는 아무런 차이가 없습니다. 그것들은 영원하거나 늘 되돌아오거나, 둘 중 하나입니다."

벨렝. 나는 그 도시를 생생하게 기억하고 있었다. 찌는 듯한 무더위 속 헤푸블리카 광장과 파스 극장. 어느 곳이든 가봤던 운명의 남자. 대학교. 현존하는 가장 거대한 뱀 아나콘다. 금토끼, 바다소라 불리는 매너티가 있는 동물원. 18세기의 대성당. 스트라보 박사의 여행안내서에는 없는 것이 없다. 그렇다, 나는 벨렝을 알고 있다. 열대식물이 빼곡히 들어찬 식물원, 입장료 14센트. 원주민 창녀들. 자연사박물관. 내게 세상을 배우십쇼. 여행 가방은 내 가장 친한 친구다.

물이 더 짙고 가슴을 저미게 하는 갈색으로 변했다. 커다란 나뭇조각들이 떠다녔다. 이곳은 거대한 강의 목구멍이었고 대륙이 창자를 내뱉는 곳이었다. 그 진흙은 안데스산맥으로부터 마지막 비밀을 간직한 밀림을 거쳐 흘러내려온 것이었다. 숨어버린 마지막 원주민들, 사라져버린 영원한 어둠의 세계, 테네브레tenebrae*. 악몽으로부터 저를 보호하소서, 밤의 유령으로부터.** 수도자들이 잠자리에 들기 전에 올리는 기도다. 물위에 수증기의 장막이 드

---

* 가톨릭 전례에서 부활 성주간에 사흘간 드리는 촛불기도.

** Procul recedant somnia, et noctium fantasmata.

리워진 것 같았다. 곧 우리는 서로 결코 포용할 수 없을 만큼 아스라이 멀리 떨어져 있는 연인 같은 두 개의 강둑을 볼 것이다. 다른 사람들도 갑판 위에 나타났다. 여자와 남자아이, 쌍둥이 같아 보이는 두 노인, 망원경을 든 기장, 모두들 혼자 혹은 짝을 지어 자리를 잡고 서 있었다. 내 여행 동료들.

파도가 잠잠해졌다. 수증기를 내뿜는 수면은 제물처럼 배를 올려놓은 그릇이 되어버렸다. 우리는 아직도 움직이고 있는 건가? 나는 다른 사람들을 쳐다보았다. 그들은 내가 선택한 사람들이 아니었다. 우리는 우연히 만나 서로의 수행원이 되었고, 그들이 나와 어울렸듯 나도 그들과 어울렸다. 이제 그 어울림도 더는 지속될 수 없었다. "황금과 목재." 해리스가 중얼거렸다. 아주 잠깐씩 그의 얼굴이 갈색 머리카락에 가려 보이지 않았다. 나는 끊임없이 뭐라고 지껄여대는 얼굴 없는 사람을 바라보았다. 그리고 익숙해지기 시작했다. 갑자기 사라지는 모습들과 보지 않고도 거기에 있음을 알 수 있는 손들과 비어 있는 윤곽들에. 황금과 목재, 나는 그 말을 들었다. 세상은 아직 내게 할말이 많았다. 당분간은 말을 계속하려는 게 분명했다. 해리스는 오래전에 자신의 이름으로 황금에 관한 책을 썼다. 대통령 린든 존슨과 샤를 드골이 벌였던 황금전쟁. 베트남전쟁이 모든 관심을 빼앗아가버렸기 때문에 아무도 황금전쟁에 대해 말하지 않았다. 그러나 그건 진짜 전쟁이었다. 병사들이 아닌 희생자들이 싸운 전쟁. 해리스는 그 전쟁에 대해 썼으나 아무도 읽지 않았다. 목재, 그건 해리스가 여기 아마조니아에 온 목적이었다. 나는 코넌 도일의 『잃어버린 세계』를 읽은 적이 있다. 그 소설에는 아마존강을 거슬러오르는 한 척의 배 에스메랄다호가 나온다. 황금과 목재, 해리스는 그것에 대해 모든 걸 알았다. 황금은 남아 있겠지만 목재는 그렇지 않으리라는 것을. "백 년 후 여기에 다시 와보면 사하라보다 더 황량한 사막으로 변해 있을 겁니다. 그때는 정말로 세상의 종말이 되겠죠. 말라비틀어진 습지대와 돌처럼 딱딱하게 굳어버린 모래밭."

그는 계속 말했다. 그러나 나는 공중부양의 달인이다. 내 밑에서 배가 항해하고 있다. 망망대해에 떠 있는 한 척의 배. 배가 지나온 뒷자리에 V자의 파상을 남겼고, 그 쐐기 모양은 점점 넓어져갔다. 글자 하나만 쓰여 있는 페이지는 여행 내내 내게 무언가를 말하려 했다. 그게 무엇일까? 저멀리 넓게 벌린 양팔처럼 해안이 보였다. 해안은 영원히 자기 곁에 두고자 우리 배를 끌어안을 것만 같았다. 나는 나 자신을 보았다. 여행 동료들로만 이뤄진 별자리를 보았다. 세 쌍의 쌍둥이와 외로운 한 명. 여자가 남자아이한테서 떨어져 자기 길을 가는 것을 보았다. 만유인력의 법칙이라도 쓴 것처럼 자신이 가는 길로 다른 이들을 끌어들였다. 두 노인이 춤을 추듯 경쾌한 발걸음으로 그녀를 따라갔고, 기장도 망원경을 내리고 그들을 따라나섰다. 해리스가 내 곁을 떠났다. 나의 내면의 또다른 자아도 천천히 그 행렬에 합류했다. 반면 나는 하늘에 떠 있는 기구처럼 높은 곳으로 올라가 강이 점점 작아지고 대지가 점점 커지는 것을 보았다. 푸르고 위험스레 보이는 대지, 열대의 열기가 내뿜는 수증기 속에 휩싸여 땀흘리는 대지가 갑자기 열대지방 저녁의 어둠 속으로 뒤섞여버렸다. 보이저호가 태양계의 다른 행성과 성운 사이에 있는 지구를 보았듯이 나는 벨렝의 불빛을 보았다. 이제 나는 소크라테스가 상상했던 것보다 훨씬 더 높이 올라가 있었다. 그는 대지 위로 더 높이 올라가면 천국을 볼 수 있다고 생각했다. 이제 나는 달을 더럽힌 암스트롱보다 더 높은 곳에 있었다. 항성의 엄청난 추위를 피해 내 자리로 돌아가야 했다. 내 고유의 몸으로. 내가 선실로 들어간 마지막 사람이었다. 카르네로가 여자의 발밑에 앉아 있었다. 풍기는 태도에서 어쩐지 그 남자아이가 중심인 듯했다. 두 노인이 인자한 눈으로 바라보는 걸로 보아 아이가 중심이 맞았다. 우리의 몸은 정말로 거기에 있고 싶은 건지 끊임없이 의심하는 것 같았다. 나는 그렇게 결함 많은 집단을 거의 보지 못했다. 이따금 두 무릎이나 양어깨나 발들이 시야에서 사라졌다. 그러나 우리의 눈은 그런 사라짐에 조금도 해당하지 않았다. 정도가 심해지면 우리의 눈은 마치 완전한 사라짐을 피할 수 있다는 듯 빈 곳을 채우고 다른 사람들의 형상에 자리를 잡았다. 그 여 자만 모습을 그대로 유지하고 있었다. 남자아이는 줄곧 여자를 바라보았고 말을 시작할 때도 시선을 떼지 않았다. 그녀가 아이 에게 말을 시작하라는 무언의 신호를 주는 것 같았다.

시작한다? 그건 적당한 단어가 아니었다. 지금은 적당한 단어 들을 선택하는 게 중요하다. 당신이 나보다 더 잘 알 것이다. 그 아이는 시작한 게 아니라 끝낸 것이었다. 뭐라고 해야 할까? 아 이의 이야기는 시작과 끝이 있는 것이었고, 다만 동시에 우리가 상당 부분 이미 아는 이야기의 끝이었다. 아이의 할머니는 부르 고스에서 마을의 다른 여자들과 함께 파시스트들의 총에 맞아 죽었다. 아이의 가장 친한 친구의 할아버지가 총을 쏜 사격수 중 하나였다. 마을 사람들은 그 사실을 알았다. 총을 쏘려는 군인들 앞에서 여자들이 생의 마지막 순간에 극도의 치욕을 느끼며 치 마를 들어올렸다는 것도 알았다. 아이의 부모는 그 일을 결코 잊 어서는 안 된다며, 지금 사는 마을에서 친구 마놀로와 어울리지 못하게 했다. 그래서 둘은 어두운 저녁에 몰래 만나곤 했다. 아 이는 이 대목을 아주 장황하고 지루하게 말했다. 두 친구는 늘 서로에게 도전했지만 우열을 가리지 못했다. 어두운 밤 철로에 나란히 누워 부르고스-마드리드 야간 급행열차를 기다리며 누가 더 오래 남는지도 자주 시합했다. 선실이 쥐죽은듯 조용했다. 우리는 아이가 벌떡 일어서는 걸 보았다. 성전의 예수처럼 보였다. 무슨 일이 일어났을지 아는 우리는 아이의 말을 듣고 싶지 않았고, 아이의 눈빛을 도저히 견딜 수 없었기에 서로의 얼굴을 쳐다보았다. 아이는 더이상 우리를 쳐다보지 않고 오직 그 여자만 바라보았고, 나는 또다른 사람들의 이야기에서도 보게 될 무언가를 보았다. 아이는 그 여자가 자기에게 무한한 신뢰를 보여주고 있음을 알아차린 것 같았다. 그녀를 처음 본 게 아니라 이미 오래전에 알던 사람으로 여겨졌기 때문에, 자신의 이야기를 낯선 사람이 아닌, 자신만이 볼 수 있었던 사람에게 하고 있는 것이었다. 실제로 우리는 그 여자만을 보았지만, 아이는 자기 마음속의 이야기를 가급적 솔직히 털어놓게 해주는 누군가를 보았던 것이다. 배의 엔진소리가 잦아들었다. 밖은 이제 어둠에 둘러싸인 넓은 강이 아니었다. 육지, 메마른 평원뿐이었다. 알론소와 마놀로, 그들은 철로 위에 누워 있었다. 알론소는 예전에 새총으로 쏘았던 큰곰자리를 보았다. 아이는 큰곰이 자신을 내려다보고 있고, 그런 자신은 모든 것을 볼 수 있다고 생각했다. 처음에는 둘 다 먼저 일어나지 않을 거라고 큰소리쳤지만 이번에는 알론소가 먼저 일어나지 않은 게 사실이었다. 사방이 고요해졌다. 마른 풀의 살랑거림, 가끔씩 멀리서 들리는 자동차 소리, 그게 전부였다. 그러다 아주 먼 곳에서 소리가 들렸다. 거의 노랫소리에 가까웠다. 그 노랫소리가 딱딱한 철로를 관통해 머릿속으로 밀려들어왔다. 알론소는 아직도 그 느낌을 간직하고 있다. 아이의 눈에 눈물이 고였다. 아이는 눈물을 보인 게 부끄럽기도 했지만 동시에 감미로움을 느꼈다. 지금은 모든 게 그런 느낌일 수밖에 없었기 때문이다. 무섭게 점점 큰 소리로 덜컹거리며 다가오는 소리, 칠흑 같은 어둠과 정적 사이로 다가오는 진동음, 초원위에 떠 있는 별들, 흐르는 눈물이 만들어놓은 촉촉하고 어른거리는 빛의 얼룩들. 우리는 꼼짝 않고 앉아 있었다. 나는 아이를 더는 쳐다볼 수 없었다. 중얼거리던 그 목소리가 커다란 고함소리로 변했기 때문이다. 사방이 온통 고함소리일 뿐, 아무도 아이가 어떤 소리를 듣고 있는지 상상할 수 없었다. 아이는 그 대목을 말하면서 손으로 귀를 막았다. 모든 것을 삼키는 성난 태풍같았을 소리를 이겨내며 한없이 부드러운 목소리로 이야기를 이어나갔다. 시커멓고 무거운 괴물 같은 물체가 자기를 덮칠 찰나에 마놀로가 뛰어오르는 것을 보았다고 말했다. 아이는 몸이 어떻게 찢기는지를 보여주려는 듯 양팔을 벌리고 선실 한가운데에 섰다. 우리 중 그 누구를 쳐다보지도, 주위를 둘러보지도 않았다. 우리는 움직이지 않았다. 그저 여자가 일어나 한없이 애정어린 몸짓으로 아이를 데리고 밖으로 나가는 것만 보았다.

우리는 한동안 그대로 앉아 있다가 갑판으로 올라갔다. 아무도 입을 열지 않았다. 나는 선미에 서서 남쪽 강둑을 쳐다보았다. 그곳 멀리서 희미하게 소리들이 들려왔다. 비단 같은 수면 위에 비치는 불빛 말고는 아무것도 보이지 않았다. 상황이 그랬다. 세상은 우리에게 무언가를 상기시켜주려는 듯 낮과 밤의 국면을 계속 연출할 것이고, 우리는 이미 다른 곳에 가서도 그 국면들을 지켜볼 것이다. 나는 이제 보이지 않는 나라를 안다. 거기 먼 강둑에서 어떤 일이 벌어지고 있는지 안다.

우리는 오비두스해협을 거슬러 항해할 것이다. 노란색으로 된 미로 장난감 같은 수로, 진흙탕, 손을 뻗으면 닿을 듯한 밀림의 나무들을 헤치고 푸루그란지강에 이르면 그곳의 나뭇가지들이 우리 배를 스칠 것이다. 그곳에 이미 가봤기 때문에 나는 모든 걸 알고 있었다. 그렇다, 거기에 갔다 왔다는 얘기다. 뗏목을 탄 벌거숭이 원주민 아이들, 물속에 서 있는 오두막들, 속을 파내고 노를 단 상형문자처럼 생긴 나무 몸통 배들, 저녁이 되면 나무 위에서 꽥꽥거리는 원숭이 무리. 다시 한번 어둠이 찾아온다. 이따금 뇌우가 분노하며 검은 하늘에 번갯불로 알아볼 수 없는 푸르스름한 단어들을 휘갈겨댄다. 해협을 지나면 이상한 테이블처럼 생긴 산들이 모습을 드러낸다. 그리고 어딘가 부족해 보이는 오페라 극장 같은 다우림의 도시 마나우스로 가는 중간에 산타

렁이 나온다. 노란 황토물과 뒤섞이는 타파조스강의 초록빛 물, 그리고 또다른 강렬한 초록과 빨강과 노랑으로 치장하고 날카롭게 울어대는 앵무새들, 형형색색의 천조각처럼 펄렁이며 나는 나비들, 저녁이면 갑판 위 등불에 날개를 태우는 손바닥만한 나방들. 그런 것들이 있는 어둠과 험지를 지나야 했다. 그러니 우리 여행객들은 고성소*에 있는 셈이었다. 저녁마다, 말하자면, 우리 중 한 사람씩 자기 이야기를 했다. 아는 것도 있었고 모르는 것도 있었다. 그리고 각각의 이야기가 또다른 긴 이야기의 끝이 되기도 했다. 특이하게도, 자신들이 무슨 이야기를 해야 하는지 다들 잘 아는 것 같았다. 나는 그러지 못했는데 말이다. 물론 지금은 알지만 그때는 몰랐다. 끝이 없는 이야기를 하는 건 말을 잘 못하는 사람이다. 내가 보기에 이야기하기를 두려워하는 사람은 아무도 없었다. 그런 단계는 이미 지났다. 나는 설명할 수 없는 광희를 느꼈다.

강은 점점 좁아졌지만 여전히 호수처럼 드넓었다. 우리는 마나우스에서 아마존강과 네그루강 사이의 경계를 넘어 항해하고 있었다. 강 한가운데 흐르는 검은 물과 갈색 물, 서로 합쳐지기

---

* 죽은 자의 영혼이 천국·지옥·연옥 어느 곳으로도 가지 못한 채 머무르는 변방 혹은 경계.

를 거부하는 두 색깔, 마노석처럼 매끄러운 죽음의 검은 물, 햇볕에 그을린 갈색 물, 그리고 거리와 밀림에 대해 얘기하는 언어. 내 차례가 언제 올지는 몰랐다. 당분간 다른 사람들의 이야기를 듣고, 그들을 바라보고, 마치 나를 위해 지어낸 것 같은 삶의 일화들을 읽는 것에 만족했다. 페르미 신부는 다시 한번 고해소 의자에라도 앉은 것처럼 해리스의 이야기를 들었지만, 해리스는 페르미 신부의 이야기를 들을 필요가 없었다. 신부의 차례가 왔을 때는 이미 그가 배에서 내렸기 때문이다. 해리스는 두번째로 얘기했고, 우리는 다른 이야기들을 들을 때와 똑같이 그의 이야기를 들었다. 그건 작별의식이었다. 우리 삶을 특정 시간과 장소와 이름에 있게 한 우연을 기념하는. 우리는 그 의식에 정중했다. 우리는 서로의 죽음을 겪었고, 각자의 이야기가 끝날 때까지 그 마지막 순간을 연장할 수 있도록 도왔다. 우리에게는 아직 해야 할 일들과 생각할 일들이 남아 있었고, 그 일들을 하려면 주어진 것보다 훨씬 많은 시간이 필요할 듯했다. 해리스는 남미 가이아나의 어느 바에서 칼에 찔렸었다. 번쩍이는 은도가 몸을 깊숙이 꿰뚫고 들어와 끝이 보이지 않던 순간, 그는 리스본에서 배를 타고 우리와 여행할 시간이 있었다. 그리고 그 치명타는 아직 끝나지 않았다. 조지타운 근교의 어느 헐어빠진 사창가에서 흑인 여자가 찌른 것이었다. 그는 수천 킬로미터 떨어진 그곳으로부터 질투의 칼날이 날아오는 걸 보았다. 그는 자신의 온 생애를 그 짧은 순간 안에 집어넣을 수 있었다. 그가 깨달은 건 그동안 자신의 삶이 얼마나 논리적이었나 하는 것이었다. 그는 논리적이란 단어를 사용했다. 십삼 분, 물론 데코브라 기장은 아직도 정확히 기억하고 있었다. 그가 몰던 비행기의 엔진 네 개 중 첫번째가 고장났던 순간과 기체가 바다 수면에 떨어질 때까지 걸렸던 시간을. 사운드 오브 임팩트*였다. 그는 구름 없는 맑은 하늘에 떠오른 구름에 대해 얘기했다. 해를 등지고 있었기에 구름이 하늘을 온통 뒤덮을 듯 다가오는 은빛 거인처럼 보였다고 말이다. 그 순간 그는 자신이 조종하는 전세기를 타고 메카를 출발한 순례자들이 아닌, 파리에 있는 아내와 자카르타에 있는 애인을 생각했다. 또 그의 머리에서 떠나지 않은 건, 저 아래 세상 어딘가 서로 다른 두 개의 냉장고에 놓여 있을 두 개의 음식 그릇이었다. 그사이 다른 상황이 전개되고 있었다. 레이더가 또 정상작동하지 않았다. 그 구름이 크라카타우섬에서 내뿜은 화산재임을 알게 된 건 조금 뒤의 일이었다. 하나씩 죽어가는 엔진소리가 들렸다. 연소가 되지 않아 엔진의 온도는 350도에서 떨어질 때까지 떨어졌다. 당연히 그는 두려워졌다. 보조 점화장치로 다시

---

* 어떤 물체에 부딪혔을 때 마지막까지 최소로 유지되는 추진력.

한번 시동을 걸어보았지만 아무런 반응도, 더이상의 추진력도 없었다. 갑자기 오래전 처음 글라이더를 탔을 때의 기분이 들었다. 이번에는 세계에서 가장 큰 글라이더였다. 비행기는 소름 끼치게 쏴 하는 소리를 내며 중심을 잃고 흔들리면서 급강하하기 시작했다. 뒤쪽에서 비명소리가 들려왔고, 그는 비상용 배터리로 조난 신호를 보냈다. 그런 와중에 그에게 천상의 평온함이 찾아들었고 그게 일 년처럼 느껴졌다. 그 기간이면 자신이 간직하고 있던 기억들로 족히 책 한 권을 쓸 수도 있었다. 전쟁, 공중전, 폭격, 그의 삶에 있었던 두 여자. 그는 비행을 떠나기 전에 항상 두 여자를 위해 특별한 음식을 만들어 냉장고에 넣어두고 그가 지구 반대편에 도착했을 때 그들이 먹을 수 있도록 했다. 우습고 유치한 일 같지만 그에게 은밀한 즐거움을 주었다. 머지않아 그가 죽어 없을 때 서로의 존재를 알지 못하는 두 여자가 세상에 없는 그가 만들어놓은 음식을 먹을 거라는 생각이 그를 즐겁게 했다. 그는 우리가 그 이야기를 재미없어한다고 생각했을지 모르나 분명 우리는 재미있었다. 우리는 그의 차가운 담청색 눈을 쳐다보았다. 그는 허리를 곧게 펴고 빠른 걸음으로 우리 곁을 떠났다. 그는 아무것도 두려워하지 않았던 사람이고, 세상에서 제일 큰 글라이더를 타고 종이비행기처럼 하늘을 날았던 사람이다. 그는 당신이 내미는 손을 잡았다. 나는 당신들이 선실 유리

문 뒤로 사라지는 것을 보았다.

그날 밤, 나는 마지막으로 암스테르담의 내 침대에 누워 있는 꿈을 꾸었다. 그런데 침대에 누워 있는 사람, 바로 나한테 싫증이 나기 시작했다. 이마에 난 땀, 찌푸린 얼굴, 비록 여기 아마존강을 평온하게 여행하고 있지만 여전히 수많은 고통을 겪고 있는 듯한 표정, 내가 수없이 많은 것을 경험하는 동안 시간이 접착제로 고정된 듯한 침대 옆 자명종. 그 얼굴에 나타난 고통은 여기서 내가 느낀 신격화된 느낌과 아무런 상관이 없었다. 이제 선실에는 세 사람만 남았다. 고전에서 모든 이야기에는 시작과 끝이 있어야 함을 배운 사람으로서 상황이 안 좋아 보이기 시작했다. 나는 추락할 수 없었다. 누군가 내게 자상을 입히려 하지도 않았다. 유일하게 육체적인 폭력을 겪은 건 아런트 헤르프스트가 나를 기습적으로 구타했을 때뿐이었고, 그때도 그는 치명타를 날리지 못했다.

페르미 신부는 그런 문제들을 겪지 않았다. 그는 수도원장으로부터 산티아고 데 콤포스텔라 순례여행을 허가받았을 때 그 희열에 넘쳤던 순간을 즐겁게 얘기했다. 그리고 산티아고대성당 입구의 대리석 기둥에 대해 생생하게 설명했다. 지난 수세기 동안 순례자들이 몇 달간의 고된 순례여행을 끝내며 대리석 기둥을 만졌고, 그 순례자들의 손자국으로 대리석이 닳고 닳아 얼룩져 있다고 말이다. 그 형상이 사람들에게 깊은 인상을 남긴 건 나도 인정한다. 그러나 신부의 이야기는 스트라보 박사의 『스페인 서부와 북부 여행안내서』에서 내가 설명한 것보다 심하게 과장된 것이었다. 나는 그것을 언급만 했지 과장하지는 않았다. 그러나 페르미 신부는 그 형상을 한 편의 드라마로 각색했다. 순례자들이 대리석 기둥을 손으로 만질 때마다 육안으로는 볼 수 없는 미세한 부분들이 떨어져나갔고, 오랜 세월 그 행위가 반복되어 원래는 없던 손자국이 새겨졌다고 말이다. 만일 한 사람이 대리석 기둥에 손자국이 날 때까지 그런 행위를 한다면 얼마나 오래 걸릴까? 이천 년은 족히 걸릴 것이다! 나는 페르미 신부가 무슨 이야기를 하려는지 알았다. 나 역시 손자국을 낸 사람 중 하나였기 때문이다. 나도 그 자리에 손을 짚었었다. 페르미 신부는 멍청한 짓 그 이상을 했다. 밀라노에서 출발해 삼 개월 만에 산티아고에 도착했을 때 그는 모두가 하는 대로(스트라보 박사가 여행서에서 안내한 대로) 했다. 신부는 시내에 있는 산티아고대성당의 모습을 멀리서 보기 위해 몬테 도 고소 언덕으로 올라갔다. 거기서 무릎을 꿇고 기도를 올린 뒤, 무아경에 빠져(이 대목에서 그는 수줍게 말했다) 급하게 언덕을 내려갔다. 그리고 길가로 내려와 '우측 통행'을 하기 위해 길을 건너다 갑자기 구급차에 치였다. 그는 춤을 추듯 경쾌한 발걸음으로 순례여행을 하는 노인의 모습을 연기했듯이 육중한 구급차에 치여 뒤로 넘어지면서 양팔을 허우적거리는 장면도 재연했다. 마치 자기 위에서 나는 엄청 큰 새나 무시무시한 천사를 쫓아내는 것만 같았다. 덩 교수가 그를 부축하려고 벌떡 일어서야 했지만 페르미 신부는 전혀 알아채지 못했다. 그는 오로지 당신에게만 시선을 두고 있었다. 당신은 무슨 묘법을 써서 페르미 신부의 시선을 끌었는가? 다른 사람이 자신의 이야기를 할 때 보통 누구도 그가 무엇을 보았는지 결코 알지 못할 것이다. 그런데 당신이 어떤 표정을 짓든, 그 표정이 알 수 있는 것이건 아니건, 예측할 수 있는 것이건 아니건, 당신의 표정은 어쨌든 신부의 시선을 끄는 데 성공했다는 것과 분명히 관계가 있다. 나는 그 묘법이 궁금하다.

이제 덩 교수만 남았다. 그가 이야기할 차례. 배는 더이상 나아가고 싶지 않은 듯 느릿느릿 기어가는 것 같았다. 나는 밤의 밀림이 우리를 에워싸고 있음을 안다. 촌락을 지날 때면 마른 생선과 썩은 과일 냄새를 맡을 수 있다. 이따금 아이들이 떠드는 소리가 들리고, 이따금 원주민들이 탄 범선이 지나갈 때면 디젤 엔진이 한동안 쉭쉭거리며 질러대는 소리가 들린다. 코아리, 페페. 이곳 세상도 이름을 갖고 있다.

내가 들어갈 때 당신은 이미 거기에 있다. 나는 곧 당신에게만 내 이야기를 해야 할 것이다. 당신은 저승의 여신 페르세포네의 가면을 쓰고 있다. (페르미 신부는 말한다. "당신은 고전학자로서 죽음은 여자라는 것을 알아야만 합니다.") 그러나 딩 교수는 다른 무언가를 보고 있다. 아마 그건 내가 오비디우스를 평생 친구로 삼았듯이 그가 평생 함께해온 시인에 해당될 것이다. 갑자기 딩 교수는 노인의 목소리로, 문화대혁명 당시 제자들이 그를 야유하며 퍼붓던 소리를 흉내냈다. 그는 강제로 연단에 서야 했고 침 세례와 함께 구타를 당했다. 혁명을 거역하고 착취계급의 퇴폐적이며 봉건적인 오락에 탐닉했으며, 인민을 모욕하는 계급제도를 찬양했고, 미신과 경멸스러운 구세대의 사적인 감정에 집착했다는 이유였다. 그래도 운이 좋았다, 살아남을 수 있었으니까. 그리고 벽지로 추방당했다. 그곳에서 새로운 변화가 올 때까지 삶을 이어갔으나 거듭 낙담하고 좌절했다. 굴원처럼, 그는 살고 싶지 않은 병든 시대에 갇힌 느낌이었다. 그리고 다시 한번 변화의 수레바퀴가 도는 것을 보았고 세상을 등지고 탈출했다. 그는 친구 시인의 시를 인용했다. "아침에 중상모략을 당하고 저녁에 버림받았네." 그는 유일한 짐이라 할 수 있는 시를 들고 강가까지 걸어갔다. 그리고 강둑 위의 물건처럼 삶을 남겨두고 떠났다. 옷 속으로 물이 밀려들어와 몸이 무거워졌다. 그는 작은 나룻배처럼 떠다니며 더 큰 여행을 시작할 수 있도록 바람이 불

때까지 기다렸다. 주위에서 속삭이는 물소리가 들렸다. 아주 부드럽고 다정했다. 그가 당신에게 팔을 흔들어 보였다. 거미줄처럼 얇고 가벼운 아주 오래된 물질로 만들어진 것처럼 그는 사라져 거의 볼 수 없었다. 당신도 이미 자리에서 일어나 손을 흔들어 보였다. 나는 멀리 떨어져 있는 선실의 거울로 혼자 앉아 있는 내 모습을 바라보면서 암스테르담의 그 남자를, 그가 손에 쥔 사진을 생각했다. 그리고 그를 생각하는 나를 꾸는 그 꿈을 생각했다. 나는 그 소크라테스를 따라 밖으로 나갔다. 거친 눈썹 밑의 흐리멍덩한 눈을 들여다보았다. 암스테르담의 나를 생각하는 네안데르탈인의 머리를 들여다보았다. 배는 이제 지나가며 흔적을 거의 남기지 않았다. 강물은 잔잔하고 시커멨다. 검은 강물 위에 번들거리는 뱀과 전갈들, 강물에 반사된 신과 영웅들이 보였다. 나도 덩 교수처럼 물속으로 미끄러져 들어가고 싶었었다. 그러면 덩 교수의 얼굴에서 이별이 주는 쾌락을 볼 수 있었을 것이다. 강둑에서 두꺼비 혹은 왕개구리 소리가 들려왔다. 내가 거기에 얼마나 오래 서 있었는지 모른다. 동쪽에서 뜬 해가 다시 한번 밀림에 불을 질렀다. 또 낮의 플래시 같은 빛이 빠르게 강 위를 휩쓸고 지나가자 어둠이 내려앉아 새들, 나무들, 모든 것들을 덮어버렸다. 암스테르담의 그 남자는 잠을 자러 갔었다. 그가 어떤 여행을 할지 모른 채. 내가 당신에게 이야기를 시작하자마자 누군가가 그를 발견할 것이다. 그리고 사람들이 그 땅딸막한 몸뚱이를 관 속에 넣어 드리하위스 베스터르벨트의 화장장으로 옮기기 위해 올 것이다. 보기도 싫은 가족들은 내가 번역한 오비디우스를 내다버릴 것이다. 어쩌면 그것도 몸뚱이와 함께 태워버릴지 모른다. 스트라보 박사의 여행안내서는 앞으로 십여 년은 계속 발행될 것이다. 그런 여행안내서를 쓸 다른 바보가 나타날 때까지는 말이다. 옛 제자는 헤르만 뮈서르트의 부고를 읽고 이렇게 말할 것이다. "어이, 소크라테스 선생이 죽었대." 그와 동시에 나는 변할 것이다. 진짜 소크라테스의 생각처럼 여행을 떠나는 건 내 영혼이 아닐 것이다. 그러나 내 육체는 끝없는 방랑을 시작할 것이다. 더이상 우주로부터 추방당하지 않고 환상적으로 변신할 것이다. 그리고 내 육체는 내게 그 변신에 대해 얘기해주지 않을 것이다. 그 육체는 이미 오래전에 나를 잊었을 테니까. 내 육체를 구성하고 있던 물질은 한때 나를 닮았던 한 영혼에게 거처를 제공해준 셈이다. 그러나 이제 나를 이루고 있는 물질은 다른 임무를 갖게 되었다. 그럼 나는 어떻게 되었느냐고? 나는 돌아서야 했다. 배의 난간을, 모든 것을 놓아야 했다. 당신을 쳐다봐야 했다. 당신은 손짓을 했고, 그 손짓을 따르기는 어렵지 않았다. 당신은 내게 무한함에 대해, 가장 적은 시간 안에 어떻게 무한한 기억의 공간이 저장될 수 있는지를 가르쳐주었다. 그리고 내가 이토록 왜소하고 미미한 존재로 남아 있는 동안 당신이 나의 진정한 크기를 가르쳐주었다. 당신은 더이상 내게 손짓할 필요가 없다. 이미 나는 당신에게 가고 있다. 다른 어느 누구도 내 이야기를 듣지 못할 것이다. 거기 앉아 나를 기다리는 여자가, 내가 제일 사랑했던 크리톤의 얼굴을 한 바로 내 제자였음을 모를 것이다. 그녀는 매우 젊어서 당신과 불멸에 대해 얘기할 수 있었다. 그리고 그때, 나는 그녀에게 들려주었고, 당신에게 들려주었다.

계속되는 이야기를.

HET VOLGENDE
VERHAAL

아폴론적 뮈서르트의 명상
: 삶과 죽음, 시간과 영원, 그리고 변신

『계속되는 이야기』는 철학자, 미식가, 악동, 몽상가, 코즈모폴리턴, 노마드, 우울증 환자 등 다양한 캐릭터의 소유자로 알려진 네덜란드 작가 세스 노터봄이 1990년 10월 2일 스페인 산트유이스에서 집필한 장편소설이다. 1991년 독일에서 번역본이 나오자 네덜란드에서보다 더 인기를 얻어 베스트셀러가 되었다. 이후 20여 개국에 출간되어 세계적인 명성을 얻었고, 1993년 유럽의 대표적인 문학상인 아리스테이온 상을 받았다. 노터봄은 매년 노벨문학상의 강력한 후보로 거론되는 유럽 문단의 거장이다.

*

노터봄의 작품에는 우아함, 박학다식함, 우연성, 냉소성이 내재되어 있다. 『계속되는 이야기』도 예외는 아니다. 작품은 총 2부로 구성되어 있고 각 도입부에 전체적인 내용을 가늠할 수 있는 인용문이 수록되어 있다. 1부에는 형이상학의 직접적인 표현을 삼가라는 테오도어 아도르노의 경구가, 2부에는 죽음의 순간이란 육체적 고통이 아니라 존재의 한 상태에서 다른 상태로 옮겨가는 데 필요한 정신적 고통이라는 블라디미르 나보코프의 경구가 있다.

작품 전반에 걸친 주인공 헤르만 뮈서르트의 몽환적인 내레이션은 고대 신화를 통한 고전적이고 원형적인 것들의 암시가 현대적인 것과 충돌하는 이미지를 형성하고, 죽음이라는 피할 수 없는 현실, 사랑의 맹목성, 인간의 노력의 허무, 시간의 흐름, 여행, 변신, 영혼 불멸의 가능성에 대해 명상하는 기능을 한다. 1인칭 해설자이자 때로는 관찰자로 변신하는 주인공이 과거 자신의 불륜 사건을 회상하고, 천문학자 겸 비행사, 신부, 중국인 교수, 신문기자, 남자아이, 미스터리한 여인과 동승한 뱃길 여행을 재연하면서 이러한 주제들이 탐구되고 있다.

1부에서 뮈서르트는 소크라테스라는 별명을 가진 고전어 교사이자 스트라보라는 필명으로 여행안내서를 펴낸 냉소적이고 박학다식한 남자로 그려진다. 어느 날 그는 암스테르담에 있는 자신의 집에서 잠들었으나 아침에 깨어난 곳은 리스본의 한 호텔방임을 깨닫는다. 그는 이 불가해한 상황이 삶에서 죽음으로 가는 여행이라고 생각한다. 그 방은 이십 년 전 동료 교사와 불륜을 저질렀던 곳이었고, 그는 현실과 꿈 혹은 죽음 사이의 불가해하고 모호한 상황 속에서 그때의 일들을 기억해낸다. 당시 생물 교사 마리아 세인스트라와 맺은 부적절한 관계가 그를 사랑의 충동에 빠진 보통 사람으로 만들었다. 그녀는 남편인 네덜란드어 교사 아런트 헤르프스트가 학생 리사 딘디아와 바람을 피우고 있음을 알고 복수를 하려 했다. 딘디아는 뮈서르트가 가르쳤던 고전어와 고대 신화를 이해하고 생동감 있는 현대어로 해석해내는 능력이 뛰어난 유일한 학생이었다. 뮈서르트는 리스본의 거리를 거닐며 세인스트라와 함께 갔던 곳을 찾아가 그녀와 공유했던 것들을 회상한다. 그리고 그날 저녁 다시 호텔로 돌아와 잠자리에 들면서 암스테르담의 자기 방에서 깨어나기를 바랐으나 아침에 일어나 불을 켜자 여전히 리스본의 호텔방이었다.

2부에서 뮈서르트는 여섯 명의 여행객과 함께 리스본의 벨렝에서 출발해 브라질의 벨렝으로 가는 신비로운 항해를 한다. 초시간적인 대양 위에 떠 있는 배의 선실에서 다시 암스테르담의 방에 대한 꿈을 꾸지만 외롭고 초췌해 보이는 자신의 또다른 자아를 더는 보고 싶지 않았다. 그는 다른 이들이 별을 구경하고 있는 갑판으로 나갔고, 그들과 함께 날이 밝을 때까지 시간, 신화, 문학에 대해 이야기를 나눴으나 다들 여행의 목적은 모르고 있다.

뮈서르트는 고전의 세계에 생명력을 불어넣는 자신의 능력을 회상한다. 그의 마지막 수업은 소크라테스가 죽음을 맞는 장면이었다. 사실상 사랑스러운 제자인 딘디아만을 염두에 두고 설명한 셈이었고, 그에게 딘디아는 소크라테스의 제자인 크리톤의 화신이었다. 그러는 동안 배는 브라질의 해안으로 접근한다. 뮈서르트는 자신의 몸에서 떨어져나와 하늘 위로 점점 높이 올라가는 생각에 빠지다가 이내 추위를 느끼고 다시 몸속으로 들어간다. 그리고 여행 동료들은 하나씩 사라지기 전에 자기 생의 마지막 순간인 죽음에 대해 이야기한다. 그들은 동행하는 비밀스러운 여인한테서 다른 사람에게는 보이지 않고 자기만 아는 얼굴을 발견할 때 각자 자신만의 이야기를 해냈다는 성취감을 느끼는 것 같다. 뮈서르트는 그들과 달리 무슨 이야기를 해야 할지 알지 못한다. 그는 갑판으로 나가 밀림의 소리를 듣고 태양이 떠올라 그 무서운 빛으로 만물을 빛나게 하는 광경을 본다. 비밀스러운 여인이 뮈서르트에게 마지막으로 남은 사람이라고 손을 들어 신호를 보낸다. 그 여인은 그를 기다리고 있는 딘디아였다. 이제 뮈서르트는 그 여인에게 '계속되는 이야기'를 들려주기 시작한다.

*

고전학자 뮈서르트에게 '고대'는 정신적 고향이자 도피처이고, 그는 소크라테스와 자신을 동일시한다. 고전을 이용하는 이유는 현대를 거부하고 자신의 삶을 반듯이 세우기 위함이다. 오비디우스의 『변신 이야기』는 그에게 성서이자 실질적인 도움을 주는 책이다. 작가는 현대적 사건에 대해 고대 신화나 고전 텍스트를 적절하게 제시하고, 더불어 라틴어의 정교함과 이를 번역하는 현대어의 빈약함, 신화와 과학, 끊임없는 독서와 탐구로 쌓아온 지식과 세속적인 것들의 진부함에 대해 이야기한다. 또한 뮈서르트와 헤르프스트, 세인스트라와 딘디아의 사랑을 대척점으로 하고, 이성과 과학을 중시하는 현대적인 세인스트라의 북홀란트와 이탈리아 이주민의 딸인 딘디아가 좋아하는 남부적인 것을 비교하며 고대와 현대를 사유한다.

이 소설의 다른 중심 모티브는 '여행'이다. 뮈서르트는 학교에서 해직을 당한 뒤 여행안내서를 써서 밥벌이를 한다. 그는 문학적 작가의 귀중한 영혼을 여행 잡문에 쓰는 것을 경멸한다. 그리고 돈을 벌기 위해 무의미한 여행기를 쓰는 일보다 더 중요한 건 오비디우스의 작품을 번역하는 것이다. 그는 이승의 여행 대신 보이저호처럼 위대한 여행을 꿈꾼다. 지구에서 쏘아 올린 보이저호의 사진을 손에 쥐고 잠자리에 들면서 우주여행을 꿈꾸거나, 보이저호가 지구로부터 떨어져나오듯 여행객들과 항해하는 도중에 자신이 몸에서 분리되어 하늘로 더 높이 솟아오름을 느끼기도 한다.

소설은 리스본의 호텔에 머무는 현재와 이십 년 전 사건이라는 두 '시간'의 축으로 구분되어 있으며, 작품의 마지막 문장이 다음 이야기의 시작을 지시하는 순환적 원형구조를 갖추고 있다(개가 자기 꼬리를 무는 모습, 포르투갈 벨렝에서 출발해 브라질 벨렝에 도착하는 것 등). 리스본에서는 두 개의 상이한 시간이 흐른다. 영원히 '지금'이란 게 있을 수 없는, 시곗바늘이 가리키는 '법정 시간'과 숫자판이 반대로 된 술집 벽시계의 시간. 시간이란 제어하는 고삐가 없고 측량할 수 없는 현상이며 질서를 부여하기 위해 인간이 만들어낸 것이다. 뒤집힌 시간은 뮈서르트의 기억 속에 오랫동안 겹겹이 쌓여온 내적 시간이다. 세인스트라는 과학의 시간과 영혼의 시간을 구분하지 못한다면 혼란과 혼돈만 있을 뿐이라고 말한다. 그리고 시간의 혼란과 혼돈은 뮈서르트가 죽음을 맞을 때 찾아온다. 시간은 수축되기도 하고 늘어나기도 한다. 뮈서르트의 여행 동료들은 하나씩 미정의 시간의 폭으로 사라져 '시간의 저편'에 존재한다. 데코브라 기장이 비행기를 타고 추락하는 순간이 일 년 같았고 그 사이에 과거의 기억들로 책을 쓸 수도 있었다고 한 것처럼 죽음의 순간은 끝없이 지속된다.

소설은 수수께끼 같은 상황으로 시작하지만 다음과 같은 암시들을 통해 '죽음'이라는 또하나의 주제를 환기시킨다. 뮈서르트는 리스본의 호텔방에서 자신이 죽었을지도 모른다는 불안한 기분으로 깨어나 침대에 누운 채 암스테르담에서 잠든 일을 이미 죽음으로 여긴다. 그리고 죽음을 주제로 했던 수업을 떠올린다. 쥐고기 환이 송장벌레의 짝짓기 장소로 이용되는 장면과 죽음의 예감, 게걸스럽게 먹기, 자기 변신, 탐식, 부단히 움직이는 이빨들. 그는 그것들이 삶이라는 걸 안다. 뮈서르트와 동료들이 항해하는 뱃길은 고대 신화 속 죽음의 강에 해당함을 암시하고, 그들은 저마다 자신이 죽었던 순간에 대한 이야기를 풀어놓는다. 뮈서르트는 오비디우스의 『변신 이야기』에서 아버지 신의 태양마차를 타고 추락하는 아들을 연기한다. 그리고 플라톤의 『파이돈』
에 나오는 소크라테스의 죽음을 낭송한다. 그는 학생들 앞에서
죽은 사람이 된다. 독배를 마시고 크리톤의 눈에서, 아니 딘디아
의 눈에서 시선을 멈춘다. 죽음을 맞으며 마지막 구절들을 읽는
동안 추위를 느낀다. 그리고 수업이 끝난 뒤 영혼 불멸이라는 주
제에 대해 논할 수 있는 유일한 상대가 딘디아임을 깨닫는다. 노
터봄의 소설에는 육체로부터 분리되는 정신에 관한 이야기가 자
주 등장한다. 뮈서르트는 암스테르담의 침대에서 죽어가는 자신
을 낯선 이방인으로 본다. 헤르프스트와 격투하는 자가 자신이
아닌 타인인 것처럼 관찰하는 입장을 취한다. 뱃길 여행에서도
다른 사람들로부터 분리되어 깊은 어둠 속으로 날아 흩어지기를
바라며 마침내 자신만의 보이저호 환상을 실현하는 데 성공한
다. 그리고 말미에서는 자신의 육체에서 분리되어 하늘 높이 솟
아오르는 체험을 한 뒤 다시 자신의 자리인 육체로 되돌아간다.

*

이 소설은 인간의 사랑, 죽음, 시간, 여행, 변신에 관한 탐구
다. 노터봄은 인터뷰에서 다음과 같이 명료하게 말했다. "독자들
나름대로 해석할 수 있겠으나 내게는 아주 간단히 말해 죽음에

관한 이야기일 뿐이다. 한 남자가 암스테르담에서 죽고 그 짧은 순간에 자신의 전 생애가 눈앞을 지나간다. 그것이 이 소설의 요지다."

이 소설을 읽는 동안 약간의 어려움을 느낄 수 있다. 노터봄의 특징인 의식의 흐름에 따른 서술과 고전의 인용이 많기 때문이다. 다루는 주제의 핵심에 수렴될 만한 표현들을 영어, 포르투갈어, 라틴어, 독일어, 불어 등으로 다양하게 사용하고, 관찰자의 시점이 바뀌거나 지시하는 대상이 모호해 이해의 난관에 봉착할 수도 있다. 다만 노터봄의 박학다식한 사유의 지평이 신화, 역사, 문학(고전·현대), 철학, 미술, 음악, 예술, 종교, 정치 등에 걸쳐 폭넓고 깊이가 있기 때문에 약간의 인내를 발휘해 이 소설을 다 읽은 독자들은 상당한 지적 포만감을 느낄 수 있으리라 생각한다.

김영중

1933년   7월 31일 네덜란드 헤이그 출생.

1955년   첫 장편소설 『필립과 다른 사람들*Philip en de anderen*』
         출간.

1956년   첫 시집 『죽은 자들이 고향을 찾는다*De doden zoeken
         een huis*』 출간.

1957년   안네 프랑크 상 수상.

1958년   소설집 『사랑에 빠진 죄수*De verliefde gevangene*』 출간.

1959년   시집 『차가운 시들*Koude gedichten*』, 희곡 『템스강의 백
         조들*De zwanen van de Theems*』 출간.

1963년   여행기 『브뤼에에서의 어느 오후*Een middag in Bruay*』,
         장편소설 『기사는 죽었다*De ridder is gestorven*』 출간.
         반데르 호흐트 상 수상.

1964년   시집 『잠긴 시들*Gesloten gedichten*』 출간.

1965년   여행기 『튀니지에서의 하룻밤*Een nacht in Tunesië*』 출간.

1968년   여행기 『바이아에서의 아침*Een ochtend in Bahia*』 출간.

1970년   시집 『조작된 시들*Gemaakte gedichten*』 출간.

1971년   여행기 『씁쓸한 볼리비아, 달의 나라 말리*Bitter Bolivia, Maanland Mali*』 출간.

1978년   시집 『조개처럼 열리고, 돌처럼 닫힌 시들*Open als een schelp, dicht als een steen*』, 여행기 『이스파한에서의 하룻저녁*Een avond in Isfahan*』 출간.

1980년   장편소설 『의식*Rituelen*』 출간.

1981년   중편소설 『그림자와 실물의 노래*Een lied van schijn en wezen*』 출간. 네덜란드 페르디난드 보르드베이크 상 수상.

1983년   미국 페가수스 상 수상.

1985년   네덜란드 뮐타튈리 상 수상.

1990년   에세이 『베를린 수기*Berlijnse notities*』 출간.

1991년   장편소설 『계속되는 이야기*Het volgende verhaal*』 출간. 프랑스 레지옹 도뇌르 훈장 수훈. 베를린예술아카데미 회원 임명.

1992년 여행기 『산티아고 가는 길*De omweg naar Santiago*』 출
간. 네덜란드 콘스탄테인 하위헌스 상 수상. 독일과 네
덜란드 간 문화교류에 대한 공헌훈장 수훈.

1993년 독일 후고 발 상 수상. 유럽 아리스테이온 상 수상.

1994년 이탈리아 그린차네 카보우르 상 수상.

1996년 미국현대어문협회 명예회원 임명.

2001년 독일 유럽미디어 칼 메달 수상.

2002년 여행기 『노터봄의 호텔*Nootebooms botel*』 출간. 독일 괴
테 상 수상.

2004년 네덜란드 최고 권위 문학상 페이 세이 호프트 상 수상.

2005년 여행기 『신의 이름의 소리—이슬람 세계를 여행하면서
*Het geluid van Zijn naam—Reizen door de Islamitische
wereld*』 출간.

2006년 네덜란드 라드바우트대학 명예박사학위 받음.

2008년 독일 베를린 자유대학 명예박사학위 받음.

2009년 소설집 『여우들은 밤에 찾아온다*'s Nachts komen de
vossen*』 출간. 네덜란드문학상 수상.

2010년 벨기에 황금부엉이상 수상.

2020년 스페인 포멘터 상 수상.

지은이 **세스 노터봄**

1933년 7월 31일 네덜란드 헤이그 출생. 첫 장편소설 『필립과 다른 사람들』로 안네 프랑크 상 최초 수상자가 되면서 유럽 문단의 스타로 부상했다. 장편소설 『의식』 『계속되는 이야기』, 여행기 『산티아고 가는 길』 등으로 세계적인 명성을 얻었다. 미국의 페가수스 상, 유럽의 아리스테이온 상, 독일의 괴테 상 등을 수상하고 프랑스의 레지옹 도뇌르 훈장을 수훈했다. 시와 소설, 에세이와 여행기 등을 집필하며 폭넓은 사유와 통찰 위에서 고유한 작품세계를 구축했다.

옮긴이 **김영중**

한국외국어대학교 네덜란드어과를 졸업하고 네덜란드 레이던대학교, 스위스 프라이부르크대학교에서 수학했으며 성균관대학교에서 고대 게르만어 연구로 박사학위를 취득했다. 한국외국어대학교 네덜란드어과 명예교수로 있다. 옮긴 책으로 『의식』 『희망과 기도』 『희망을 키우는 착한 소비』 『희망을 거래한다』 등이 있다.

문학동네 세계문학
계속되는 이야기

초판 인쇄 2020년 12월 9일 | 초판 발행 2020년 12월 21일

지은이 세스 노터봄 | 옮긴이 김영중 | 펴낸이 염현숙

책임편집 고선향 | **편집** 김정희 오동규
디자인 고은이 최미영 | **저작권** 한문숙 김지영 이영은
마케팅 정민호 이숙재 양서연 박지영
홍보 김희숙 김상만 함유지 김현지 이소정 이미희
제작 강신은 김동욱 임현식 | **제작처** 더블비(인쇄) 신안문화사(제본)

펴낸곳 (주)문학동네
출판등록 1993년 10월 22일 제406-2003-000045호
주소 10881 경기도 파주시 회동길 210
전자우편 editor@munhak.com | **대표전화** 031) 955-8888 | **팩스** 031) 955-8855
문의전화 031) 955-3578(마케팅) 031) 955-1917(편집)
문학동네카페 http://cafe.naver.com/mhdn | **트위터** @munhakdongne
북클럽문학동네 http://bookclubmunhak.com

ISBN 978-89-546-7629-8 03850

www.munhak.com